VORDAK

O INCOMPREENSÍVEL

COMO CRESCER E DOMINAR O MUNDO

GUTENBERG

TÍTULO ORIGINAL
Vordak, the Incomprehensible: How to Grow Up and Rule the World

COORDENAÇÃO E PRODUÇÃO EDITORIAL
Ab Aeterno Produção Editorial

TRADUÇÃO
Thiago Nasser

EDITORAÇÃO ELETRÔNICA
Rawiski Comunicação

PREPARAÇÃO
Equipe Ab Aeterno

REVISÃO DE TEXTO
Juliana Amato
Camile Mendrot
Eduardo Soares

GERENTE EDITORIAL
Gabriela Nascimento

Revisado conforme o Acordo Ortográfico da Língua Portuguesa de 1990, em vigor no Brasil desde janeiro de 2009.

EDITORA GUTENBERG LTDA.

São Paulo
Av. Paulista, 2073 . Conjunto Nacional
Horsa I . 11° andar . Conj. 1101 . Cerqueira César
01311-940 . São Paulo . SP
Tel.: (55 11) 3034 4468

Belo Horizonte
Rua Aimorés, 981,
8° andar . Funcionários
30140-071 . Belo Horizonte . MG
Tel.: (55 31) 3214 5700

Televendas: 0800 283 13 22
www.editoragutenberg.com.br

Dados Internacionais de Catalogação na Publicação (CIP)
(Câmara Brasileira do Livro, SP, Brasil)

Seegert, Scott
Vordak, o incompreensível : Como crescer e dominar o mundo / Scott Seegert ; ilustrado por John Martin ; traduzido por Thiago Nasser. -- Belo Horizonte : Editora Gutenberg, 2012.

Título original: *Vordak the Incomprehensible: How to Grow up and Rule the World.*
ISBN 978-85-65383-46-2

1. Ficção - Literatura infantojuvenil I. Martin, John. II. Título.

12-05694 CDD-028.5

Índices para catálogo sistemático:
1. Ficção : Literatura infantojuvenil 028.5
2. Ficção : Literatura juvenil 028.5

DEDICATÓRIA

Dedico este livro a mim mesmo, pois, se não fosse eu, nenhum dos meus gloriosos feitos seria possível.

AGRADECIMENTOS

Gostaria de agradecer ao meu agente, Dan Lazar, à minha editora, Regina Griffin, e a todos os grandes profissionais da editora Egmont USA e à Writers House, pelas maravilhosas contribuições a este projeto. Infelizmente, não posso. Contentem-se com uma manada de búfalos. Gostaria, mas, infelizmente, não vai dar. Na verdade, uma manada de búfalos teria sido mais prestativa.

MEUS PÊSAMES

Eu gostaria de aproveitar a oportunidade para oferecer, desde já, os meus pêsames a qualquer outro autor que tiver o azar de lançar livros este ano. Como vocês devem saber, existe uma quantidade limitada de atenção disponível por aí, e o meu livro vai absorver a maior parte dela. Trata-se de um esclarecimento importante, pois não quero escutar ninguém choramingando depois.

Sumário

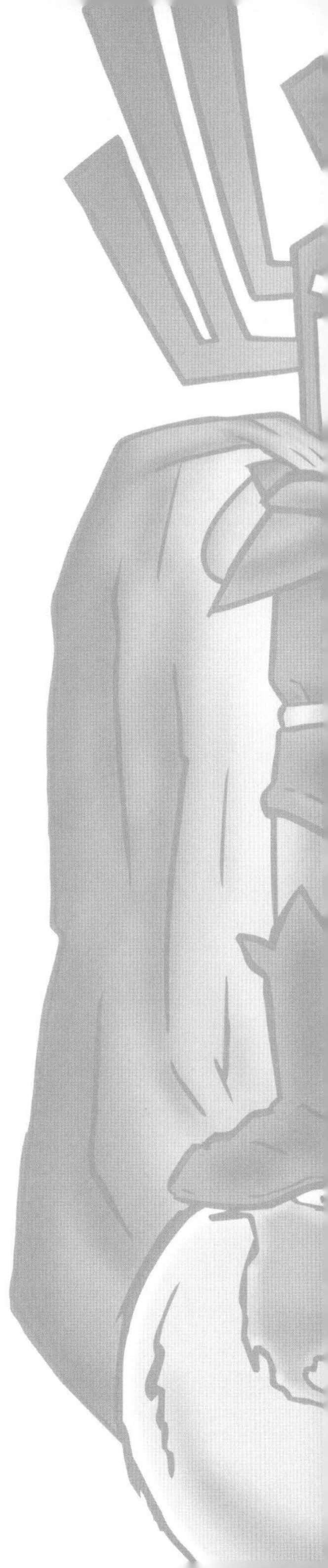

GLORIOSO EU!

Saudações, ser inferior. Como você já deve saber, sou Vordak, o Incompreensível. Não me importa quem é você. O que realmente importa é a minha sinistra decisão de acrescentar o mundo dos livros à minha impressionante lista de conquistas. Eu criei, praticamente sem qualquer esforço, um livro incrível, brilhante mesmo. Perto dele, tudo o que foi escrito no passado parece coisa de criança. A sabedoria contida nestas páginas é tão imensa que até um ser desprezível como você terá a oportunidade de UM DIA CRESCER E DOMINAR O MUNDO! Muahahahaha!!!

Ok, espere aí... Só um segundinho. Depois de uma introdução como essa do primeiro parágrafo, fiquei sem fôlego. Veja bem, só fiquei sem fôlego, mas ainda continuo mau. É isso mesmo: eu sou mau. Extremamente mau. Mau é o que eu sou.

E como você pode ver pela minha roupa impressionante, eu não tento esconder minha maldade de ninguém. Eu tenho muito orgulho da minha natureza desalmada, e, se você tem alguma esperança de se tornar um ditador planetário um dia, você também precisa aceitar o mal que existe dentro de você. E quando eu digo mal, não estou falando de quebrar o vaso de cristal favorito da sua mãe e botar a culpa no seu irmãozinho. Estou falando de estar disposto a colocar a Lua em uma rota de colisão com a Terra usando um raio gravitacional nuclear para alcançar seus objetivos. Extremamente mau. Pior do que o vilão da novela. Pior do que seu dentista.

Decidi dividir um pouco do meu infinito conhecimento com aqueles que "estão dispostos a fazer o necessário", que, nesse caso, é pagar o merecido valor deste livro. Sei que ele pode parecer um pouco caro para um livro, mas, se você levar em conta que vai ter em mãos toda a riqueza já acumulada da civilização humana, o livro poderia custar até um pouco mais, quem sabe cinco vezes mais, tranquilamente. Nestas páginas você vai encontrar instruções, conselhos, anedotas, tabelas e ilustrações, todas cuidadosamente criadas só para deixar o livro mais grosso. Eu "testei" dezessete ilustradores até encontrar um capaz de entregar os trabalhos num prazo adequado e fazer ilustrações que, na minha opinião, são dignas de fazer parte deste livro.

Eu mesmo poderia ter feito as ilustrações, mas não queria que a magnificência do meu talento artístico distraísse os leitores do texto.

Você também vai encontrar meus Mandamentos de Incompreensibilidade, que aparecem constantemente ao longo do texto. Eles contêm pensamentos e ideias de alto nível de sabedoria, até mesmo para os meus padrões. Por exemplo:

PRIMEIRO MANDAMENTO DE INCOMPREENSIBILIDADE

Esteja preparado para sacrificar sua vida a fim de proteger este livro. Ele é mais valioso do que todas as suas coisas juntas. Aliás, ele é mais valioso que a sua própria vida, principalmente se estiver autografado.

Eu exijo que você tome bastante cuidado ao ler esta minha obra-prima. Use o melhor par de luvas que tiver para manusear o livro, prefira as luvas de bode selvagem etíope. Isso é uma exigência. Elas não podem ser substituídas por nenhum quebra-galho. Além disso, não se esqueça de guardar o livro em um lugar escuro, arejado e longe de fumaça de cigarros. O espaço sideral seria perfeito.

Cópias do meu livro podem ser exibidas na sua casa utilizando a Câmara de Exibição de Objetos de Valor Inestimável com Controle de Temperatura, modelo V-731.

Para garantir que apenas cópias perfeitas circulem pelo mundo, este livro está equipado com um mecanismo microscópico de autodestruição, que será acionado automaticamente se alguma página sofrer o mínimo dano e que, instantaneamente, vaporizará o livro e o leitor (veja o Quarto Mandamento de Incompreensibilidade, página 30).

PERGUNTAS

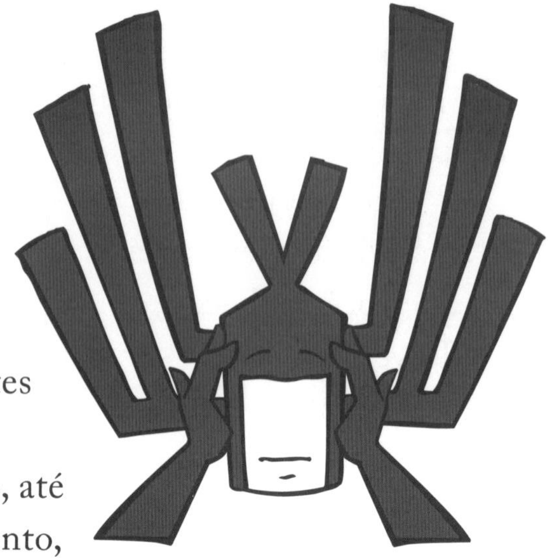

Parte do que me torna "incompreensível" é minha habilidade de antecipar os pensamentos daqueles menos inteligentes do que eu, o que inclui praticamente todo mundo, até mesmo você. Neste momento, tenho a sensação de que você tem algumas perguntas, então já vou respondê-las, eliminando assim a entediante visão da fumaça saindo da sua cabecinha oca.

"E se o meu objetivo for dominar apenas uma parte do mundo, por exemplo, o Turcomenistão ou a Disneylândia?"

Se é isso o que você quer, coloque este livro de volta na estante imediatamente. Ou melhor, pague primeiro e depois o coloque de volta. Sua falta de ambição, sinceramente, me espanta, e eu não vou permitir que seus dedos preguiçosos contaminem estas páginas por nem mais um segundo. Existem vários livros que podem satisfazer os seus "desejos" adequadamente.

"Por que é preciso ser mau para dominar o mundo?"

Pense na pessoa mais doce, menos má que você conhece. Talvez seja a sua vovozinha, ou aquele professor gente boa, ou o carteiro. Agora responda: essa pessoa DOMINA O MUNDO? Claro que não. Logo, é óbvio* que é essencial ser mau para DOMINAR O MUNDO!

* QUANDO EU DIGO QUE ALGUMA COISA É ÓBVIA, QUERO DIZER, CLARO, QUE É ÓBVIA PARA MIM. VOCÊ, NO ENTANTO, SIMPLESMENTE VAI TER DE ACREDITAR NO QUE EU DIGO.

"Bem... como eu vou saber se eu sou mau ou não?"

Você pode fazer o meu Exame de Aptidão para o Mal. Responda o que você faria em cada uma das situações descritas a seguir. Você tem 30 segundos para completar o exame. Você deve começar... *agora*!

Exame de Aptidão para o Mal
de VORDAK, O INCOMPREENSÍVEL

1. *Durante um passeio de bicicleta, você vê uma mulher carregando um vaso de plantas tentando atravessar uma rua bem movimentada. Sem se importar com a sua própria segurança, você imediatamente:*

a) larga a bicicleta e se oferece para ajudá-la.

b) vende pipoca para os curiosos que aparecerem por ali por um preço exorbitante.

c) usa seu raio manipulador do tempo e do espaço para torná-la invisível aos carros.

2. *Você avista um gato em cima de uma árvore. Ele está lá há algum tempo e parece estar com frio, fome e muito medo. Sem titubear, você:*

a) vai correndo até os bombeiros e pede socorro.

b) vai bem devagar até os bombeiros e pede socorro.

c) usa seu conhecimento de engenharia genética para criar um pit bull que escale árvores.

3. Você descobre que o novo estudante de intercâmbio, que é da Islândia e não fala português muito bem, está a fim de uma garota que ele conheceu na aula de Matemática. Essa é uma oportunidade perfeita para você:

a) apresentar os dois e ajudar a fazer o namoro rolar.

b) dizer a ele que a tradução em português da frase "A gente está na mesma classe, posso lhe ajudar a carregar os seus livros?" é "Tive uma diarreia brava e precisei trocar a cueca sete vezes esta manhã".

c) usa o seu raio refratário e faz com que ele se transforme num gato em cima de um galho quando houver um pit bull escalador de árvores por perto.

4. Você encontra uma nota de R$ 100 na calçada. Depois de pensar por alguns instantes, você decide:

a) fazer de tudo para encontrar o dono e devolver o dinheiro.

b) fazer de tudo para encontrar o dono e poder balançar a nota na cara dele enquanto você cantarola "achado não é roubado".

c) usar o dinheiro para dar de entrada num depósito subterrâneo de mísseis.

5. Ao entrar na cantina da escola, você repara que o Milton Tiririca, o cara mais fraco, mais baixinho e mais tímido de toda a escola, está caído de cara no chão, coberto do que parece ser uma mistura de sopa de ervilha e purê de batata, e um grupo de estudantes está apontando para ele e rindo sem parar. Você corre logo em direção ao Milton para:

a) ajudá-lo a se levantar.

b) usar a câmera do seu celular para gravar um vídeo e, depois, colocar no YouTube.

c) passar da teoria à prática e mostrar que é possível, sim, puxar a cueca de alguém até que ela fique esgarçada o suficiente para ser usada por um lutador de sumô.

"Você me empresta?"

PARE! Seu tempo acabou. Solte o lápis e confira imediatamente a tabela de pontuação.

Tabela de pontuação:

Para cada resposta "a" você ganha 1 ponto, para cada resposta "b" você ganha 2 pontos, e para cada resposta "c" você ganha 3 pontos.

Bônus

Adicione 1 ponto se você não parou quando eu falei para você parar.

Adicione 1 ponto se você tentou copiar as respostas de outra pessoa, mesmo que ela seja burra.

Adicione 1 ponto se você usou o tempo que sobrou para projetar um submarino acoplado com um raio desestabilizador de placas tectônicas nas margens da folha.

Pontuação:

(0-7) Sinto muito, mas você provavelmente NUNCA VAI DOMINAR O MUNDO! E mesmo se graças a algum milagre isso acontecer, você vai desperdiçar todo o seu poder em coisas esdrúxulas como paz mundial e conservação do meio ambiente, e ainda por cima vai fazer tudo com... carinho. Eu conheço o seu tipo. Sugiro que você leia o Capítulo Um sete ou oito vezes e tente refazer o teste. Não seria de todo mal se alguém lhe desse um "cuecão" de vez em quando.

(8-14) Você está no caminho certo. Apesar de ainda não ser realmente mau, você é bem malvado – até detestável, eu diria –, o que é um bom começo. E você tem bastante tempo para ficar pior. Seu nível atual de maldade só vai permitir que você seja presidente do grêmio estudantil, mas você, sem dúvida, vai criar um caos quando chegar lá. Leia o Capítulo Um com cuidado e logo estará no caminho certo para atingir níveis crescentes de maldade.

(15+) Seu coração bate dentro de um calabouço frio e escuro. De suas mãos e seus pés escorre maldade. Na verdade, é suor, mas definitivamente é um suor maldoso. E não só porque ele não cheira muito bem. Com um pouco de treinamento, seu suor pode se tornar capaz de dominar sozinho uma pequena ilha-nação. E você certamente é um grande fã de futebol. Você pode até pular o Capítulo Um.

"Por que você está tão disposto a divulgar seus segredos malignos?"

Para uma criança desmerecedora como você? Bom, eu não sou mais tão jovem. Minha cabeça está ficando cansada de tanto usar o meu magnífico Capacete Desconcertante, e eu simplesmente não tenho mais a energia necessária para conquistar o planeta sozinho. Então decidi dividir meus conhecimentos malignos.

Bem, agora assine logo na linha pontilhada do contrato padrão de maldade blá, blá, blá, cuja leitura cuidadosa seria uma grande perda de tempo. Assim, poderemos seguir com esta introdução:

ATENÇÃO: NÃO OUSE FAZER GARRANCHOS E TESTAR SUAS PÉSSIMAS HABILIDADES COM A TESOURA EM MEU GLORIOSO LIVRO!

*Faça uma cópia.**

CONTRATO PADRÃO E MALDOSO DE TRABALHO

(cuja leitura cuidadosa seria apenas uma perda de tempo)

Eu, ______________________ (*vulgo* ______________________),

SEU NOME VERDADEIRO — NOME QUE VAI ADOTAR QUANDO FOR IMPERADOR DO MUNDO (VEJA PÁGINAS 56-60)

caso o meu domínio da sabedoria incomparável contida nestas páginas me leve ao posto de IMPERADOR MUNDIAL DO MAL (MUAHAHAHAHA!), concordo em nomear Vordak, o Incompreensível, para a posição de Segundo Comandante (também conhecido como "Número 2", "Mão-Direita", "SubChefão", "Príncipe da Cocada Preta"), o que inclui todos os direitos e privilégios que acompanham o cargo: um escritório particular, seguro-saúde, vaga privativa e promoção imediata à posição de IMPERADOR DEMONÍACO DO MUNDO (MUAHAHAHAHA!!) caso eu venha a falecer repentinamente e de uma maneira inesperada, tais como envenenamento, falha mecânica misteriosa no freio, queda repentina em abismo, injeção de plutônio nas veias, ser coberto de cimento e jogado no Oceano Atlântico, ser desmembrado por um robô doméstico supostamente obediente, ter os meus fluidos corporais sugados por uma aranha mutante gigante enquanto eu estiver paralisado na cama ou qualquer outra coisa que se possa (ou não) imaginar.

* *Após completar, enviar a:*

Vordak, o Incompreensível
a/c: Walter e Irene, os Incompreensíveis
Rua da Escuridão, 666
Malignolândia, no meio do nada – CEP: 96669-001

"Por que devo seguir os seus conselhos? Você já governou pessoalmente o mundo?"

Não, mas eu *já* cheguei bem perto disso em várias ocasiões e falhei por causa de ~~meus erros, minha ocasional falta de noção~~ circunstâncias que estavam fora do meu controle. Aliás, falando nisso:

SEGUNDO MANDAMENTO DA INCOMPREENSIBILIDADE

Nunca acredite no Comandante Virtude quando ele lhe garantir que não é necessário que você confisque o cinto de utilidades dele porque não contém nada que possa ajudá-lo a escapar da armadilha mortal diabolicamente astuta, porém extremamente lenta, que você criou.

Definitivamente, honestidade não é uma das virtudes dele.

"Por que você não conta um pouco mais sobre você?"

Nada me daria mais prazer, não porque você me pediu, mas porque eu acredito que não exista nenhum assunto mais interessante em todo o Universo. Minha experiência é bem normal se comparada a uma infância diabólica padrão.

Meu pai, Walter, o Incompreensível, tentou bravamente conquistar o mundo até a sua aposentadoria. Porém, ele só conseguiu ser eleito prefeito de Malignolândia, uma cidade pequena no meio do nada. Mas ele era um prefeito muito mau, e o esforço e a dedicação que ele demonstrou nas frequentes tentativas de conquistar as cidades e vilas vizinhas foram extremamente influentes durante a minha infância. Até hoje eu tenho belas memórias daquelas conversas na mesa de jantar:

– Como foi o seu dia, Walter? – perguntava minha mãe.

E papai respondia:

– Excelente! O Departamento de Obras Públicas instalou o meu Canhão Laser Remoto XZ7000 no satélite, e, além disso, eu consegui desviar para a Cidade do Nada uma entrega de ração de galinha que estava indo para Forçópolis. Só para ver no que dá e rir um pouco! Muahahahaha!

– MUAHAHAHAHA! – gargalhava mamãe.

– MUAHAHAHAHA! – eu tentava fazer igual...

– Muahahahaha! – concluía papai.

Mas meu pai nunca conseguiu aperfeiçoar sua risada diabólica, algo que, eu acredito, deve ter contribuído para seu fracasso.

Minha mãe, Irene, Implacável e Incompreensível, nasceu em uma casa extremamente maligna. Era a mais nova de três irmãs e foi criada em Vila Malvadeza, mais no interior do país, onde seus pais, Zolvax e Maria, os Implacáveis, foram morar depois de várias tentativas fracassadas de superaquecer o centro da Terra para derreter a camada de gelo polar.

Como muitas outras mães da época, minha mãe não trabalhava. Quando dava tempo, ela ajudava meu pai em seus afazeres maléficos (as suas tortas controladoras de mente o ajudaram, e muito, a ganhar a eleição), e ela gostava de usar os equipamentos do meu pai nas tarefas domésticas.

*"Ah, não... brócolis geneticamente modificado de novo?"

Eu também tinha um irmão mais novo, que vou chamar de "Kyle"; afinal, esse era mesmo o nome dele. Kyle era uma criança exemplar. Quando ele estava pra completar cinco anos de idade, já era claramente um cidadão educado, cortês, consciente e prestativo. Alguns meses depois, foi mandado para um orfanato para que pudesse ser adotado por outra família.

Minhas notas no ensino fundamental não foram lá grande coisa, não que eu não fosse assustadoramente inteligente (eu era!), mas porque eu passava o tempo todo planejando como destruir a escola inteira.

O início do ensino médio coincidiu com a época em que meu pai finalmente anunciou a construção de seu Canhão Laser Remoto XZ 7000, que, como ele dizia para se gabar, era tão preciso que conseguiria fazer um furo do diâmetro de um alfinete num crânio humano – um crânio, por exemplo, de um professor –, enquanto girava em torno da Terra a 37 mil quilômetros acima da superfície. Ah, é bom saber, por acaso, que as minhas notas durante o ensino médio foram excelentes.

Estudei alguns semestres na Universidade de Duke, onde continuei a aperfeiçoar minha maldade como membro do time de basquete Demônios Azuis. Nunca joguei (aparentemente eu não era "alto" o suficiente, nem mesmo usando meu Capacete Desconcertante), mas o recorde de lesões provocadas em um oponente por meio de colisões "acidentais" com a mesa de árbitros ainda é meu (seis empurrões).

Larguei a universidade quando surgiu a oportunidade de me tornar membro dos Cidadãos do Apocalipse nos anos em que esta era a organização número 1 de supervilões do mundo. Eles tinham uma vaga aberta para o cargo de lacaio, na Divisão de Tarefas Mesquinhas (DTM). Eu fiquei sete anos no DTM e alcancei a posição de gerente-assistente do Recursos Humanos. Foi aí que "o incidente" aconteceu. Devido a ~~um erro ridículo, total falta de noção~~ circunstâncias completamente fora do meu controle, deixei de fazer uma investigação meticulosa o suficiente antes de contratar um supervilão chamado Comandante Vício. Na verdade, acabei contratando o Comandante Virtude, que usava um superdisfarce composto de uma máscara colorida e gel no cabelo. Novamente, a honestidade não parece ser uma das suas virtudes. Depois que aquele palhaço presunçoso destruiu, sozinho, metade do esconderijo do DTM, eu e a direção concordamos que eu deveria procurar outro emprego. Obviamente, eles se arrependeram dessa decisão.

"Se eu não tiver sido o único a comprar este livro, como é possível que mais de uma pessoa possa virar Imperador do Mundo ao mesmo tempo? E se algum outro ambicioso e maléfico conquistador conseguir virar o Imperador antes de mim, você me reembolsará o valor do livro?"

Ora, você está choramingando como um covarde! Que ingratidão!

TERCEIRO MANDAMENTO DA INCOMPREENSIBILIDADE

Destrua qualquer rival que você encontrar pelo caminho. Literalmente destrua-o. Fiz a incrível descoberta de que um Honda Civic 1998 jogado de um helicóptero militar pode cumprir essa tarefa com absoluto sucesso.

QUARTO MANDAMENTO DA INCOMPREENSIBILIDADE

NÃO HAVERÁ REEMBOLSOS. JAMAIS!

Estou ficando cansado de responder às suas perguntas, até mesmo as que me permitem falar de mim mesmo num tom importante. As perguntas anteriores mostram que o nível de inteligência está começando a cair até mesmo para o seu padrão, o que é realmente frustrante, mas nada surpreendente. Logo, é melhor acabar já esta introdução.

CAPÍTULO UM

Trazendo o MAL à tona

Eu cresci num ambiente corrupto, vingativo e rancoroso, em que o mal era extremo e impossível de se descrever em palavras. Nem todos tiveram a mesma sorte. Como é preciso ter uma alma negra para se tornar o IMPERADOR MALÉFICO DO MUNDO, os aspirantes a tiranos planetários precisarão trazer à tona todo o mal que existe dentro de si.

Neste capítulo, eu tento – sem dúvida, com sucesso –, desenvolver ou "nutrir" como um pequeno machucado o mal que existe dentro de você e *de todo mundo*. Isso mesmo; de todo mundo. Talvez não pareça que todo mundo o tenha muito neste momento, mas, se coçarmos o suficiente, aquele machucadinho do mal vai se transformar numa *ferida grotesca* do mal, um carbúnculo infectado, apodrecido, fedorento, úmido... Bom, você entendeu... Se bem que, conhecendo você, talvez não tenha entendido direito.

Aliás, imagino que você já esteja choramingando e resmungando:

"Ah é? E o Papai Noel? O Papai Noel não é malvado. O Papai Noel não tem sequer uma molécula malvada no seu corpo gorducho."

É mesmo? Como você chamaria um indivíduo que:

a) deixa pôneis e jet skis e Xbox 360 feitos de ouro maciço na árvore de crianças de famílias extremamente ricas que já têm tudo aquilo de qualquer jeito, enquanto os seus presentes geralmente se limitam a cuecas e meias?;

b) é chefe de um grupo de anões trabalhadores, escravizados, lá em sua terra natal, o Polo Norte?;

c) só tem *uma* roupa... que ele usa todo o dia. Isso significa que a Mamãe Noel é obrigada a lavá-la todos os dias.

Eu vou lhe falar o que ele é: *um gênio do mal!* E ele fez você de bobo (não que isso seja muito difícil). Algum outro exemplo de pureza e bondade que você queira mencionar?

"Humm, o Seu Ferreira, dono da sorveteria da esquina. Ele é superbacana e dá sorvete de graça para a criançada!"

Ah, sim. O Seu Ferreira. Pra começar, esse nem é o nome verdadeiro dele. Na certidão de nascimento aparece Vlad.

Quer tentar de novo? (Dica: Resposta certa: não.)

"Não, acho que não..."

Não, acho que não... Com quem você está falando, mesmo?

"Não, acho que não, Vossa Incompreensibilidade Maléfica."

Isso é patético! Tente de novo, e desta vez use uma letra à minha altura, do meu gabarito, da minha imensidão.

"Não, acho que não,

Vossa Incompreensibilidade Maléfica."

Bom, parece que finalmente estamos de acordo com o fato de que todos têm pelo menos um pouco de maldade dentro de si. Talvez da próxima vez você não desperdice meu precioso tempo tentando discutir. Eu entendo, você não tem nada melhor pra fazer, mas não se esqueça de que sua insolência nos custou uma página inteira, a página em que iria ensiná-lo a transformar sucrilhos em ouro usando um aspirador de pó. Se deu mal.

QUINTO MANDAMENTO DA INCOMPREENSIBILIDADE

Discutir com Vordak, o Incompreensível, só vai resultar em menos ouro para você. Mas tudo tem um lado positivo, veja só: você ficará com mais sucrilhos.

O desafio é fazer você alcançar o nível de maldade necessário para se tornar o IMPERADOR DO MUNDO! MUAHAHAHAHA! Talvez você já tenha notado que atualmente ninguém domina o mundo, apesar de haver vários vilões por aí que cortariam o braço da própria mãe por essa chance. Você sabe o que é necessário para DOMINAR O MUNDO que esses vilões não têm? Muitíssima Aptidão para a Vilania em Escala Universal, ou MAVEU. Se tiramos o VE, ficamos com MAU. A verdade é que os caras que são considerados "Gênios do Mal" simplesmente não são MAUs o *suficiente* para dominar o mundo. Isso é uma boa notícia pra você, pois quer dizer que as portas para o domínio global estão completamente abertas.

Então, como alguém se torna mais mau? Tornando a vida das outras pessoas um inferno. Maldade é só isso: falar ou fazer algo que cause o sofrimento alheio. E cada ato malvado que você cometer vai servir para aumentar ainda mais aquela feridazinha pustulenta do mal, até que finalmente ela vai tomar conta de você, e então o mundo estará ao seu alcance.

Pense assim: você tem um tanque, e ele precisa ficar cheio de maldade para que você possa finalmente DOMINAR O MUNDO! Neste momento, você deve ter só um pouco de maldade nesse seu tanque; digamos que ele ainda está quase seco. Cada ato maldoso enche o tanque com um pouco mais de maldade, e o nível do líquido vai aumentando lentamente, até chegar ao topo da sua cabeça. Se nada vazar pelas suas orelhas, seu cérebro vai estar completamente submerso em maldade, corrompendo todos os seus pensamentos, palavras e ações. Isso demora e requer diversos atos malvados, mas o resultado será um crápula diabólico capaz de dominar o mundo. E agora nem precisa falar, eu já *sei* qual vai ser a sua próxima pergunta.

"E se eu ficar de cabeça pra baixo? Isso pode fazer o mal chegar ao meu cérebro mais rápido?"

Você, sem dúvida, deve se considerar brilhante por ter tido essa ideia. Infelizmente, seu plano tem dois problemas:

1. Ficar de cabeça para baixo por muito tempo vai fazer a sua cabeça explodir.

2. O que tornará ler o restante do livro uma tarefa extremamente difícil.

Eu estava fazendo uma analogia, espertinho... Quero dizer, sua besta quadrada.

Como tudo que vale a pena, o caminho para o mal total não tem atalhos.

COMETENDO ATOS MALVADOS

Como já deixei bem claro, para um ato ser considerado realmente malvado ele deve levar o outro à miséria ou provocar-lhe bastante desgosto; preferencialmente as duas coisas, se tudo sair como planejado. Logo, uma frase específica pode ou não ser maléfica, dependendo das circunstâncias. Por exemplo:

Não maléfico

"Uau! Que vaca gorda você, hein?! Aposto que o açougueiro está louco para te pegar!"

Maléfico

"Uau! Que vaca gorda você, hein?! Aposto que o açougueiro está louco para te pegar!"

O mesmo princípio vale para os atos maléficos.

Uma ação, por si só, **não** é maléfica.

Mas quando essa mesma ação
resulta no acionamento de um botão...

...que ativa o mecanismo de abertura
de um enorme portão...

...que libera uma criatura monstruosa
que habita as profundezas da Terra...

...que destrói uma cidade inteira... Isso *é* maléfico.

Você provavelmente percebeu que esta página foi impressa de cabeça para baixo. Você provavelmente achou que eu cometi um erro (sua insolência não será esquecida).

Bem, você está enganado!

Eu fiz isso de propósito. Assim, qualquer pessoa que reparar que você está lendo um livro de cabeça para baixo vai achar que você é lelé da cuca. Agora você está se sentindo um completo imbecil, o que significa que eu, Vordak, o Incompreensível, consegui executar mais um feito de tremenda maldade. E eu admito que isso me deixa extremamente feliz!

Obviamente, não espero que você seja capaz de feitos de tamanha genialidade logo no começo (ou jamais), mas você precisa começar a causar sofrimento o mais cedo possível para conseguir se tornar mal o suficiente para dominar o mundo durante essa minha existência. Por isso, incluí numa seção intitulada "Três maneiras de..." alguns exemplos da minha famosa série de ideias diabólicas, de planos e de esquemas – muitos dos quais eu mesmo usei quando era mais novo. Esses exemplos vão ajudar você a botar pra fora todo o mal que existe aí dentro, enquanto você continua a desenvolver seus próprios planos sinistros para praticá-los num futuro bem próximo.

Três Maneiras de Fazer uma Escoteira Chorar

por VORDAK, O INCOMPREENSÍVEL

1. Diga-lhe que o uniforme faz o traseiro dela parecer grande demais.

2. Informe-a de que o Justin Bieber a acha feia.

3. Quando ninguém estiver olhando, use uma caneta para mudar os nomes nas caixas de doces e biscoitos que ela estiver vendendo.

Três Maneiras de Arruinar uma Visita ao Zoológico

por VORDAK, O INCOMPREENSÍVEL

1. Entre no ônibus antes de todo mundo e use uma supercola para fechar todas as janelas. Depois, faça o Arnie "Sovaco" Kradmeister, que só toma banho em feriados nacionais, sentar bem no banco em que bate mais sol.

2. Peça a seu professor para imitar uma foca filhote. Depois use o seu transportador de matéria portátil para teletransportá-lo para o interior de uma jaula de ursos-polares.

3. Risque o não da placa de "Não entrar".

Três Maneiras de Fazer seu Irmãozinho Parecer um Idiota

por VORDAK, O INCOMPREENSÍVEL

1. Ajude-o a se vestir de manhã.

2. Depois de soldar o guidão do triciclo dele, deixando-o impossível de guiar, empurre o seu irmãozinho na direção do orelhão da rua.

3. Diga-lhe que “caca” significa sapato”.

"Eu tenho caca nos meus pés! Eu tenho muita caca no armário também!"

Três Maneiras de Atormentar os Velhinhos por VORDAK, O INCOMPREENSÍVEL

1. Entre no asilo quando todo mundo estiver dormindo e troque as dentaduras de lugar.
2. Diga-lhes como a infância na época deles era muito mais fácil.

3. Coloque placas oferecendo refeições grátis em locais estratégicos da casa de repouso ou do bairro.

Bônus: Método Infalível para Fazer sua Mãe Desmaiar

por VORDAK, O INCOMPREENSÍVEL

Advertência 1: Se você for estúpido o suficiente e realmente enfiar um garfo numa tomada, a sua batalha para dominar o mundo acabará logo.

Advertência 2: Eu não serei responsável por nenhuma lesão contra seus glúteos em virtude de contato violento e repetido com o sapato da sua mãe quando ela descobrir que você não se machucou.

Enquanto você alimenta sua maldade interior, é importante aprender a cultivar uma aparência de mau. Você deve querer que os trogloditas que habitam este planeta saibam que o mal exala por seus poros, mesmo quando você não faz nada demoníaco.

A RISADA MALÉFICA!

Você já deve ter notado que todos os meus pronunciamentos de maior grau maléfico são acompanhados de uma risada sinistra de arrepiar os cabelos. Essa risada está sendo usada um pouco demais pela comunidade de Gênios do Mal hoje em dia; porém, quando usada corretamente, ainda tem o poder de fazer qualquer um, do mais ínfimo caramujo até o líder mundial mais poderoso, fazer xixi nas calças.

Idade não importa, uma risada maléfica pode transformar até a frase mais banal numa proclamação sinistra e ameaçadora. Considere, por exemplo, esta frase inofensiva.

"Vou dar um passeio de bicicleta."

Nada de mais, certo? Bom, veja o que acontece quando incluímos uma risada maléfica bem ensaiada.

"Vou dar um passeio de bicicleta. **MUAHAHAHAHA!!!**"

Com a risada, fica claro que o seu passeio vai incluir chutar latas de lixo, atropelar criancinhas no meio do caminho e jogar pedras nos telhados da vizinhança.

Além do uniforme (vide Capítulo Dois – mas nem *sonhe* em pular o restante deste capítulo), sua risada maléfica vai ser extremamente importante para demonstrar para o mundo inteiro o quão sérias são suas intenções de se tornar um conquistador planetário. Assim, você tem de começar a treinar imediatamente. Em breve, vou mandar você rir alto, claro e *maleficamente* no meu transmissor bidimensional de última geração, localizado abaixo deste parágrafo (algo inédito na história dos livros). Ele está conectado diretamente ao sistema de comunicação do meu capacete, também de última geração, o que me permite analisar sua risada e lhe fornecer uma crítica construtiva. Ok, inicie a risada sinistra... 1, 2, 3... *já*!

...Desculpe.* Iniciar significa começar. Eu devia ter deixado isso bem claro.** Vamos tentar de novo. Comece a risada sinistra... agora!

...Eu ainda não estou escutando nada... Acho que descobri o problema.

SEXTO MANDAMENTO DA INCOMPREENSIBILIDADE

Quando você quiser se comunicar utilizando um transmissor bidimensional de última geração, é extremamente útil apertar o botão LIGAR antes.

Bom, vamos lá, ligue logo o aparelho, e não comece a brincar com os outros botões! Agora, fique bem perto do microfone e tente de novo. E pelo amor de Deus, ria mais alto! Esqueça as pessoas que estão ao redor e que não param de olhar pra você. Você vai ter tempo de sobra para lidar com elas quando você DOMINAR O MUNDO! MUAHAHAHAHA!

...Algo estranho está acontecendo. Eu não consigo escutar você. O que será que está acontecendo *agora*?

SÉTIMO MANDAMENTO DA INCOMPREENSIBILIDADE

Ninguém nunca inventou um transmissor bidimensional de última geração***.

*** Seu imbecil!

* POR VOCÊ SER UM IMBECIL.

** JÁ QUE VOCÊ É UM IMBECIL.

SIM! Essa é a segunda vez que eu fiz você de idiota só neste capítulo. Uau, eu adoro ser mau! Uau, eu sou muito bom em ser mau! Uau, eu adoro dizer uau! Eu estou quase me clonando só para poder me dar um tapinha nas costas. Você ainda tem alguma dúvida de que eu não sou a pessoa certa para ensiná-lo os caminhos da Genialidade do Mal?

Onde estávamos? Ah, sim... a risada sinistra. A risada sinistra é um atributo muito particular. Assim como flocos de neve, é impossível encontrar dois exemplares idênticos. Também como um floco de neve, ela é capaz de fazer você sentir calafrios. E ao contrário de um floco de neve, você não pode juntar várias risadas sinistras para formar uma bola e jogá-la na nuca de alguém. Você deve praticar na frente do espelho até encontrar uma pose e um tom de voz com os quais se sinta confortável.

Aqui vão algumas dicas:

Dicas: Risada sinistra

- As mãos devem ficar na cintura ou com os punhos cerrados e erguidas, jamais no seu bolso.

- Se você inclinar a cabeça para trás, isso favorecerá uma maior abertura da garganta e sua risada vai soar melhor, mais nítida.

- Não ria pelo nariz. Assim, sua risada vai parecer uma guinchada de porco e perder o tom exato. Além disso, você provavelmente não vai assustar ninguém!

ETIQUETA MALÉFICA

Suponho que lhe ensinaram a ser educado e respeitoso. Bem, como um Gênio do Mal, você não precisa respeitar ninguém, pois ninguém merece o seu respeito. Você é superior a todos, e é melhor começar a agir como tal.
Por exemplo:

- Nunca peça, *exija*!

Não

"Com licença, Srta. Shtorberhausen, posso ir ao banheiro?"

Sim

"Atenção, Srta. Shtorberhausen e membros insignificantes da aula de Geografia da escola de ensino médio. Eu vou me ausentar um pouco para lidar com assuntos que não são da sua conta. Vocês devem interromper qualquer atividade instrutiva até eu voltar. Sem mais, estou de saída."

• Nunca diga: "obrigado"; em vez disso, *deixe bem claro que o serviço prestado foi de péssima qualidade!*

Colega:

"COM LICENÇA, VOCÊ DEIXOU ESTE LIVRO CAIR AO FECHAR O ARMÁRIO."

Você:

Não

"AH, SIM, OBRIGADO!"

Sim

"O QUÊ?! VOCÊ VIU MEU LIVRO CAIR E NÃO MERGULHOU NO CHÃO, SACRIFICANDO SEU CORPO PARA PEGÁ-LO ANTES QUE ELE TOCASSE O CHÃO? VOCÊ ESTÁ VENDO COMO A CAPA DELE ESTÁ CHEIA DE PARTÍCULAS DE POEIRA? VOCÊ VAI LIMPÁ-LO E ENTREGÁ-LO PARA MIM ANTES DO RECREIO OU SOFRERÁ TERRÍVEIS CONSEQUÊNCIAS!"

AS VÁRIAS FACES DO MAL

Você também deve praticar as várias expressões faciais úteis no dia a dia de malvadezas e perseguições. Aqui estão algumas que eu andei aperfeiçoando ao longo dos anos:

1.

2.

3.

4.

5.

6.

7.

8.

1. **Espanto enfurecido** porque um mísero inseto ousou questioná-lo.

2. **Delírio diabólico** ao ver um plano maléfico dar certo.

3. **Ansiedade sinistra** antes de revelar sua última bugiganga de destruição.

4. **Decepção** ao descobrir que não existe ninguém neste mundo para desafiá-lo.

5. **Fúria** porque a sua máquina de teletransporte quebrou no meio de seu transporte para o esconderijo de férias no Sul da França.

6. **Satisfação** em saber que o Comandante Virtude está bem em cima de um palco que vai ser ativado a qualquer momento, jogando-o num tanque repleto de piranhas famintas.

7. **Exasperação** quando você descobre que as piranhas não estavam com tanta fome assim – no final das contas, elas eram bem simpáticas, e deixaram o Comandante Virtude escapar pelo filtro do tanque.

8. **Frustração** por usar um capacete de ferro que não lhe deixa mostrar sua frustração.

E então, você já é mau o suficiente para dominar o mundo?

Bom, só há um jeito de descobrir. Quando você terminar de ler este capítulo, volte para a introdução e refaça o Exame de Aptidão para o Mal. Se a sua pontuação for alta o suficiente, você pode ir para o Capítulo Dois. Se não, nos encontramos no começo deste capítulo e fazemos tudo de novo. Pensando bem, você pode fazer tudo de novo sozinho. Se eu ficar um pouquinho mais maléfico, vou estourar!

O JURAMENTO MALÉFICO

Eu gostaria de terminar este capítulo compartilhando com você um juramento especial. Então vou fazer exatamente isso. Esse juramento está na minha família há várias gerações. Ninguém sabe quem o inventou, mas como eu fui o primeiro a ter o cuidado de colocá-lo no papel e fazer uma borda bacana em volta, a partir de hoje esse juramento será conhecido como O Prodigioso Juramento Maléfico de Vordak, o Incompreensível. Pronuncie este juramento toda manhã, ao acordar, para garantir que você vai dar o melhor de si para fazer o pior durante o dia.

O Prodigioso Juramento Maléfico de Vordak, o Incompreensível

AO ACORDAR NESTA MANHÃ, JURO QUE TODAS AS MINHAS PALAVRAS E AÇÕES SERÃO MALÉFICAS.

EU VOU PROVOCAR, ENGANAR OU ATORMENTAR TODAS AS PESSOAS QUE ENCONTRAR, E ÀS VEZES VOU FAZER OS TRÊS DE UMA TACADA SÓ – UM ATO DIABÓLICO E SINISTRO.

EU SEREI REPUGNANTE, DETESTÁVEL E RANCOROSO, ODIOSO, ABOMINÁVEL, MUITO MAU, UMA PRESENÇA MALIGNA, UM CANALHA MALICIOSO E HORRÍVEL.

E QUANDO EU DEITAR PRA DORMIR, EXAUSTO E DOLORIDO, TENHO CERTEZA DE QUE SEREI UMA PESSOA MAIS MALÉFICA DO QUE ERA NA NOITE ANTERIOR.

CAPÍTULO DOIS

Pontapé inicial da sua carreira MALÉFICA

Qual foi a primeira coisa que veio à sua mente quando você viu este livro bombástico brilhando na estante da livraria?

"Eu nunca deveria ter tomado aqueles 2 litros de refrigerante no almoço. Será que tem um banheiro neste lugar?"

ERRADO! Você achou que o autor do livro era absurdamente poderoso e incomensuravelmente mau, pois se baseou no meu retrato e no meu nome na capa.

"Não, eu precisava muito ir ao banheiro."

Claro que você precisava. Meu rosto na capa era tão intimidador que você fez xixi na calça.

"Não, eu só precisava..."

BASTA! Você estava morrendo de medo, e pronto. A última palavra é minha, porque eu escrevi o livro. Aliás, você deve ter imaginado como a pessoa de baixo do meu capacete era charmosa e misteriosa. Mas ficou ainda mais assustado e intimidado com meu nome e minha aparência. Por quê? Porque essa era a minha intenção. Neste capítulo, eu vou ajudá-lo a construir a identidade maléfica que você vai usar para instituir o seu reino de terror no planeta. Também vou mostrar como gerar o capital (dinheiro) necessário para botar a operação maléfica em prática.

ESCOLHENDO UM NOME MALÉFICO ATERRORIZANTE

A chave para conquistar o respeito imediato é escolher um nome apropriado para um ser dotado de poder e de maldade incomensurável. Admita: ninguém vai se ajoelhar aos pés de alguém chamado Fernandinho da Silva, mesmo se ele tiver o poder de fazer o Universo virar pó. E a satisfação de ver as pessoas se ajoelhando diante de você é parte vital do nosso objetivo. Criar um nome intimidador para um supervilão maléfico requer uma mente perspicaz e um extenso vocabulário. Portanto, é melhor eu fazer isso pra você. Simplesmente siga as instruções que acompanham o meu Fantástico Gerador de Nomes Maléficos:

Fantástico Gerador de Nomes Maléficos

por VORDAK, O INCOMPREENSÍVEL

Qualquer nome maléfico de supervilão que preste é composto de quatro partes, as quais vou chamar aqui de um, dois, três e quatro. Preste atenção.

Parte um:

A parte um é, obviamente, a escolha do seu nome. Não o verdadeiro, é claro, que é extremamente sem-graça. Os seus pais devem ter escolhido esse nome porque ele significa "amigo corajoso", "filho honrado", ou alguma outra coisa ridícula. Ou você deve ter o nome do seu avô ou do seu bisavô, ou seja, um nome de velho. De qualquer jeito, você vai precisar de algo muito mais do mal. Para ter certeza de que você não vai arruinar este passo, eu lhe forneço, a seguir, um modelo. O conteúdo de maldade de cada letra foi testado exaustivamente. Escolha com cuidado letras que você realmente acha que vão funcionar. Lembre-se: esse é o nome que vai estar bordado em todas as suas cuecas.

ATENÇÃO!! (DE NOVO!!) NÃO ESTRAGUE O MEU LIVRO COM SUAS ANOTAÇÕES INDECIFRÁVEIS! FAÇA UMA CÓPIA.

INSTRUÇÕES:

1. SELECIONE UMA LETRA DE CADA COLUNA.
2. NÃO REPITA NENHUMA LETRA.
3. NEM SONHE EM USAR **VORDAK.**

V	**I**	**S**	**M**	**I**	**G**
K	**E**	**N**	**K**	**E**	**Z**
Y	**U**	**M**	**Z**	**U**	**K**
Z	**O**	**L**	**N**	**A**	**R**
M	**A**	**R**	**D**	**O**	**X**

O SEU NOME MALÉFICO É: ☐ ☐ ☐ ☐ ☐ ☐

Parte dois:

A segunda parte do seu nome é o *o*. Você sempre será *o* alguma coisa. Em hipótese alguma, deve ser outra coisa além de *o*. Jamais, jamais, jamais! Absolutamente! Você precisa ser *o*. *(Só abro exceção para* a, *caso você seja uma futura "Gênia" do Mal!)*

"E que tal... Reinaldo?"

ARGH! Talvez você reconheça essa expressão na minha cara, que mostrei no capítulo anterior! Eu estou realmente começando a odiar meus poderes de antecipação de pensamentos.

Parte três:

Também conhecida como terceira parte, a parte três do seu nome maléfico é invisível e silenciosa. Ela não deve ser escrita ou falada sob nenhuma circunstância. Ninguém deve saber o que ela é, nem mesmo você.

Parte quatro:

Agora é hora de completar o seu nome com um toque especial, mostrar a todos os trogloditas o que faz você ser infinitamente superior a eles. Claramente, *Incompreensível* é a quarta parte de um nome de um supervilão maléfico mais impressionante e jamais imaginada. É a perfeição absoluta. O dicionário a define da seguinte maneira:

In-com-pre-en-sí-vel: que não pode ser compreendido pela excentricidade do Gênio; impossível de compreender.

É isso mesmo: impossível! Nem vale a pena tentar. Aqui estão algumas quartas partes de nomes maléficos que considero bastante intimidadoras. Se você quiser ser um pouco mais extravagante, use duas palavras juntas, adicionando um "ente" no fim da primeira (por exemplo: *Implacavelmente Assustador ou Assustadoramente Implacável*).

Imenso	**Impiedoso**	**Inimaginável**
Impaciente	**Insensível**	**Monumental**
Injusto	**Inescapável**	**Imperdoável**
Assustador	**Desalmado**	**Onisciente**
Indecifrável	**Incalculável**	**Implacável**
Impuro	**Diabólico**	**Magnífico**

Você deve ter reparado que *Incompreensível* não está na lista. Eu nem preciso dizer que você não pode colocar *Incompreensível* no seu nome de supervilão. Mas eu disse assim mesmo. Só pra você sentir o quão incompreensível eu sou.

Concluindo o processo

Depois de escolher um nome que você julgue suficientemente aterrorizante, como Zolnax, o Implacável, ou Malzor, o Implacavelmente Desalmado, escreva-o no formulário da próxima página (e também no Contrato Padrão e Maldoso de Trabalho, na página 22). Claro, você também pode ignorar os conselhos e escolher um nome sozinho; só não me apareça depois chorando quando ninguém estiver aos pés de Douglas, o Não Muito Amistoso.

É isso mesmo! É bom você fazer uma cópia antes!

___________	O		(MENTE)	___________
(parte 1)	*(parte 2)*	*(parte 3)*	*(parte 4) (opcional)*	*(parte 4) (obrigatória)*

Apesar de seu nome ainda ser, tecnicamente, "Rafael de Oliveira" ou "Lucas Vieira" ou "Antônio Ferreira" (pelo menos até você completar 18 anos e puder, juridicamente, mudá-lo), você tem de começar a exibir o seu nome maléfico o mais cedo possível. Pratique ler e falar o seu nome até que ele soe completamente natural. Aí então use-o quando você se apresentar a outra pessoa ou quando atender o telefone (sinta-se livre para soltar uma risada sinistra e aterrorizante de vez em quando). Escreva-o em todas as suas coisas. Use-o para assinar todos os seus trabalhos na escola. E, mais importante, comece a mencionar seu nome casualmente nas conversas do dia a dia:

Errado:

"Estou com sede. Você quer ir tomar uma suco, Paulinho?"

Certo:

"Eu tenho sede! Está na hora de você, seu molusco insignificante, acompanhar Mordax, o Impiedoso, eu, até o mercadinho pra comprar um suco!"

O UNIFORME DO SUPERVILÃO

Eu acredito fervorosamente no conceito de "uniforme pretensioso" quando se trata da indumentária maléfica. Quanto mais chamativo, melhor. Outros, incluindo Lex Luthor e o Dr. Evil, conseguiram causar sérios danos ao planeta enquanto usavam roupas bem menos chamativas. Existe um estilo necessariamente superior? Claro que sim, ora! O meu é superior, e por isso eu vou falar principalmente dos modelos de uniformes pretensiosos. Agora, vamos dar uma olhada nos principais elementos de seu uniforme traiçoeiro.

Um uniforme de supervilão bem desenhado ajuda a intimidar as massas desafortunadas e, ao mesmo tempo, permite que o malfeitor se camufle perfeitamente quando necessário.

Paleta de cores

Se deseja se tornar um supervilão maléfico realmente asqueroso, você tem quatro opções básicas de cores principais para seu uniforme.

PRETO-ESCURO | PRETO | PRETO-CLARO | CINZA SUPER, SUPER, SUPERESCURO

Caras do mal usam preto. Sempre foi assim. Mas você pode tentar usar um uniforme de cor clara ou colorido. Você pode tentar também comer um monte de pregos. Ambos requerem um nível de inteligência semelhante.

Você: *ATENÇÃO, SEU VERME IMPRESTÁVEL! EU SOU KARNOX, O INIMAGINÁVEL, E EU EXIJO QUE VOCÊ SE AJOELHE DIANTE DA MINHA PUJANÇA FANTÁSTICA!*

Verme imprestável: *CARA, ESSA ROUPA AZUL AMARELADA É IRADA. DEIXA EU ADIVINHAR... VOCÊ É UM SUPER-HERÓI, CERTO?*

Você: *UM SUPER-HERÓI?! POR ACASO UM SUPER-HERÓI FALARIA PARA VOCÊ SE AJOELHAR DIANTE DE SUA PUJANÇA FANTÁSTICA!?*

Verme imprestável: *SE ELE FOR MEIO CHATO, TALVEZ. EU NÃO SEI, EU NUNCA VI UM SUPER-HERÓI EM CARNE E OSSO COMO VOCÊ.*

Você: *EU NÃO SOU UM SUPER-HERÓI! UM SUPER-HERÓI NÃO CHAMARIA VOCÊ DE VERME IMPRESTÁVEL, CHAMARIA?*

Verme imprestável: *SE ELE FOR BEM ATENTO, TALVEZ. QUER DIZER, PRA FALAR A VERDADE, EU SOU MEIO PREGUIÇOSO MESMO.*

Você: *BASTA! EU SOU KARNOX, O INIMAGINÁVEL, E QUERO CONQUISTAR ESTE PLANETA E GOVERNÁ-LO DA MANEIRA MAIS MALÉFICA POSSÍVEL!*

Verme imprestável: *EI! VOCÊ PRECISA DE UM PARCEIRO? TODOS OS SUPER-HERÓIS TÊM UM, E EU NÃO ESTOU MUITO OCUPADO NO MOMENTO.*

Você: *AAAARRGGHHHH!*

Isso não significa que você não possa colocar um pouco de cor aqui e ali para dar um toque especial no seu uniforme, mas a cor predominante tem de ser a preta. Preto é a cor da desesperança, do desespero, da opressão. Preto é um porão no meio da noite, o espaço embaixo da cama em que a luz não entra, as entranhas sombrias de um armário escuro. Preto é a cor da escuridão que seu domínio lançará sobre o mundo. Preto também faz você parecer mais magro, principalmente se você colocar umas listras verticais no seu uniforme.

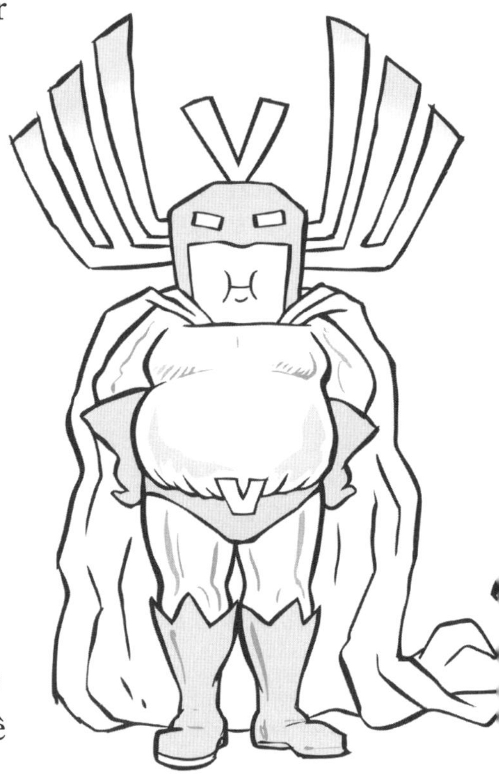

Um uniforme branco pode fazer até mesmo um supervilão em forma parecer um pouco, humm... rechonchudo.

Máscara

Quando se trata de cobertura craniana, temos várias opções disponíveis para um déspota diabólico refinado. A tabela seguinte mostra os prós e os contras de cada uma das modas faciais mais populares:

TABELA DE SELEÇÃO DE MÁSCARAS DO MAL	APARÊNCIA SINISTRA CONSEGUIDA COM PELOS FACIAIS	DIFICULDADE PARA RESPIRAR	PROTEGE A IDENTIDADE SECRETA	PROTEGE A FACE CONTRA SOCOS/CHUTES DE SUPER-HERÓIS	ESCONDE DEFEITOS FACIAIS	DIFICULTA A ALIMENTAÇÃO	DIFICULTA A COMUNICAÇÃO VERBAL	CÉREBRO SUSCETÍVEL A QUEIMADURAS SOLARES
 SEM MÁSCARA	SIM	NÃO	NÃO	NÃO	NÃO	NÃO	NÃO	NÃO
 MÁSCARA PARCIAL	SIM, A MÁSCARA PODE AJUDAR	NÃO	SÓ QUANDO VOCÊ ESTIVER LIDANDO COM IMBECIS	NÃO	SÓ SE FOREM DEFEITOS OCULARES	NÃO	NÃO	NÃO
 MÁSCARA COMPLETA	NÃO	NÃO, A NÃO SER QUE VOCÊ USE UM MATERIAL HERMÉTICO	SIM	NÃO	SIM	SIM	NÃO	NÃO
 MÁSCARA METÁLICA E CAPUZ	NÃO	SIM	SIM	SIM	SIM, GERALMENTE ESSE É O PROPÓSITO DESSE ESTILO	SIM	SIM	NÃO
 CAPACETE	NÃO	NÃO	SIM	OLHOS E TESTA, SIM; BOCA E QUEIXO, NÃO	POSSIVELMENTE	NÃO	NÃO	NÃO
CÉREBRO DENTRO DE UM RECIPIENTE DE ACRÍLICO ACOPLADO A UM CORPO ROBÓTICO 	NÃO, MAS PODE SER DESENHADO COM UMA CANETA 	SIM, ESPECIALMENTE POR CAUSA DA AUSÊNCIA DE UM NARIZ E UMA BOCA	SIM, DESDE QUE VOCÊ NÃO TENHA MOSTRADO O CÉREBRO PARA NINGUÉM ANTES	QUE FACE?	VEJA A COLUNA ANTERIOR	NÃO, GRAÇAS A UM SISTEMA DE INSERÇÃO DE NUTRIENTES LÍQUIDOS	NÃO, DEPENDE DA QUALIDADE DO SEU SINTETIZADOR	SIM, A NÃO SER QUE VOCÊ TOME PRECAUÇÕES 

Bem, o único acessório digno de adornar a cabeça orgulhosa de um conquistador ambicioso é um ilustre capacete. A ideia aqui é intimidar, e seu capacete precisa amedrontar todos os que olharem para ele. Ser prático não é importante. Veja meu incrível Capacete Desconcertante, por exemplo. Ele é pesado, quente no verão, frio no inverno, bloqueia a minha visão, e qualquer coisa dura que se choca contra ele causa um barulho ensurdecedor. Mas você tem de admitir que só de olhar para esse esplendor magnífico seus joelhos tremem e o seu estômago vira do avesso.* (Admita que isso seja verdade ou largue este livro agora mesmo.) Além do mais, ele tem uma caixa de som interna para o meu iPod.

Um capacete benfeito e facilmente reconhecível também lhe permite fazer sombras aterrorizantes e criar silhuetas assustadoras, que serão úteis quando você quiser fazer uma entrada dramática.

* EU NORMALMENTE EVITO ME OLHAR NO ESPELHO, POIS TENHO MEDO DE ME INTIMIDAR SEM QUERER.

OITAVO MANDAMENTO DA INCOMPREENSIBILIDADE

A não ser que você queira ser um supervilão lácteo, não use uma roda de queijo para moldar seu capacete.

Capa

Capa: sim ou não? Eis a questão. Capa, sim. Essa é a resposta. E aqui vão os motivos:

1. Darth Vader usa uma capa.

CUIDADO: ***Estou prestes a aplicar a lógica avançada. Para não parecer um cabeça de vento, diga "Ah, sim" e faça gestos afirmativos após ler o item 4.***

2. O Coringa não usa uma capa.
3. Darth Vader é muito mais maléfico que o Coringa.
4. Logo, uma capa torna um supervilão mais maléfico.

Na verdade, uma capa de boa qualidade vai realçar qualquer habilidade que uma pessoa já possui. Um super-herói vai ficar mais heroico, um mágico vai ficar mais mágico, um lutador profissional vai ficar mais... profissionalmente lutadorístico – só por usar uma capa. Eu até me atrevo a dizer que a Hannah Montana cantaria melhor se ela usasse uma capa (quem sabe arranjamos uma para ela?).

Obviamente, eu sempre serei a favor de qualquer coisa que deixe você mais malvado. Se tocar a música do Bob Esponja de cabeça pra baixo soltando puns tornasse você mais malvado,* eu diria para você fazer isso também. Logo, a capa é necessária. Ela pode ter vários tamanhos e formatos, mas eu prefiro as que são longas e ondulantes, por serem mais dramáticas. Nada melhor para dizer "Eu sou importante" como estar montado em seu cavalo no pico de uma montanha enquanto o vento sopra majestosamente sua capa. Não que você terá essa oportunidade muitas vezes em sua vida...

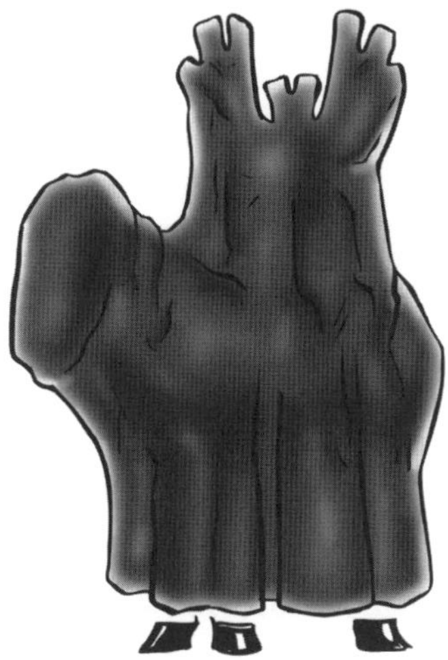

Brisas fortes e constantes são perfeitas para sua capa majestosa. Rajadas de vento repentinas, nem tanto.

* Aliás, isso seria totalmente sinistro.

Quando usada corretamente, a capa dá um "tchan", um "algo a mais" ao uniforme de supervilão. E esse é o segredo: ela deve ser usada corretamente. Prepare-se para passar horas praticando manobras ousadas e dramáticas para aproveitar sua capa ao máximo.

NONO MANDAMENTO DA INCOMPREENSIBILIDADE

Quando você está usando uma capa longa, nunca deixe um tolo desengonçado andar logo atrás de você.

Botas

Existe um ditado que diz: "Você pode julgar um homem pelos sapatos que ele usa". Bem, esse ditado também vale para um homem traiçoeiramente malvado que deseja DOMINAR O MUNDO. Repare como o desenho elegante dos meus calçados fantásticos combina com toda a minha magnificência. O material ou o estilo das suas botas podem variar, mas elas devem ter uma sola rígida no calcanhar para fazer sons intimidantes quando você estiver caminhando por seu covil secreto e também uma biqueira de aço para dar mais impacto quando você "bicar" o traseiro de um subordinado vagaroso.

Dica: Solas aromatizadas ajudam na absorção de odores desagradáveis, porém inevitáveis. Essas botas ficam bem quentes, principalmente se você colocar minijatos de propulsão nas solas.

Luvas

Luvas são a parte essencial de qualquer uniforme de supervilão, pois elas ficam completamente expostas quando você executa seus gestos dramáticos – o que acontece o tempo todo. Se elas forem feitas de metal ou de materiais sintéticos altamente tecnológicos, as luvas devem lhe proporcionar liberdade de movimento para apertar botões, puxar alavancas, mexer em reguladores, fechar a mão cerrando o punho, disparar armas e fazer o "1" (de primeiro lugar!) quando uma câmera estiver filmando você competindo em eventos esportivos. Elas também devem ser bem resistentes para proteger sua mão em caso de acidentes. Minhas luvas são extremamente flexíveis, mas fortes o suficiente para suportar lesões de mordidas, que podem acontecer toda vez que eu tento acariciar meu cachorro, Armagedon. Em termos de estilo, as luvas devem combinar com as botas de alguma maneira. Em termos de função, elas têm de ser à prova de água, ácido, lava vulcânica e meleca. Elas devem ser razoavelmente grudentas, caso você precise ficar pendurado em uma passarela, mas não grudentas a ponto de atrapalhar atividades do dia a dia.

Muito grudenta

Dica: Você pode equipar suas luvas com raios de energia, raios de encolhimento, raios congeladores ou qualquer outro tipo de armamento, mas lembre-se, você vai precisar ter muito cuidado quando for ao banheiro.

Cinto de utilidades

Muitos supervilões se dão conta da importância do cinto de utilidades quando estão criando seus uniformes. Por exemplo, este cara ao lado.

É isso mesmo: um cinto de utilidades não serve apenas para guardar bugigangas, ele segura as *calças*. Eu aprendi o valor de um cinto de utilidades bem equipado há anos. O Comandante Virtude já esteve preso numa das minhas armadilhas mortais diabolicamente astutas, porém extremamente vagarosas. Mas eu tive de vê-lo 37 vezes tirando um "itenzinho" ridículo do cinto e conseguindo escapar no último segundo. Obviamente, não é necessário vê-lo escapar 38 vezes para descobrir que eu também preciso de um cinto de utilidades. Agora eu tenho um cinto exclusivo e ele está sempre comigo, até debaixo do chuveiro (pois guardo exatamente nele o meu sabonete).

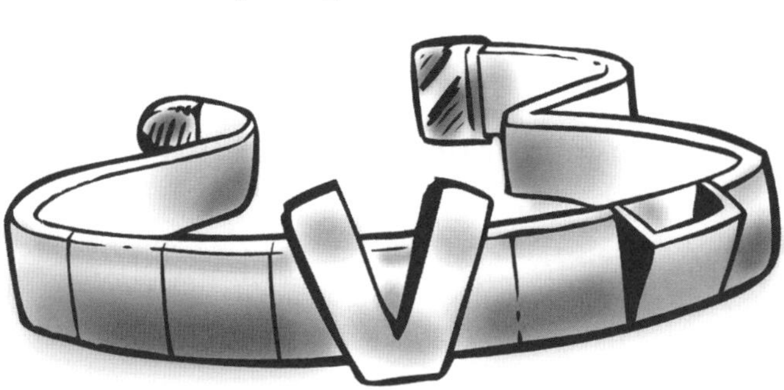

A seguir, você encontrará a minha Assustadoramente Completa Lista de Itens para Cintos de Utilidades que você pode utilizar para ajudar a equipar seu cinto com todos os itens de que um verdadeiro Mestre do Mal pode precisar. Claro, quanto mais gordinho você for, mais compartimentos de armazenamento você terá no cinto.

Lista Assustadoramente Completa de Itens para Cintos de Utilidades

por VORDAK, O INCOMPREENSÍVEL

- ❑ *Canivete multiuso*
- ❑ *Aspirina*
- ❑ *Pílulas de invisibilidade*
- ❑ *Fotografias 3x4 do seu arqui-inimigo*
- ❑ *Lanterna*
- ❑ *Biscoitos recheados*
- ❑ *Celular*
- ❑ *Cinto de utilidades reserva*
- ❑ *Ácido sulfúrico*
- ❑ *Espelho pequeno*
- ❑ *Balas de menta*
- ❑ *Desodorante*
- ❑ *Band-aid*
- ❑ *Bombas de fumaça*
- ❑ *Batom de manteiga de cacau*
- ❑ *Giz de cera cor-de-rosa*
- ❑ *Escova de dente*
- ❑ *Chaves do covil*
- ❑ *Canetinha*
- ❑ *iPod*
- ❑ *Alfinete e linha*
- ❑ *Toalha de papel*
- ❑ *Raio da morte portátil*
- ❑ *Algumas microgranadas*
- ❑ *Pilhas extras para o raio da morte portátil*
- ❑ *Protetor solar*
- ❑ *Moedas para máquinas de refrigerante*
- ❑ *Toalhas de papel perfumadas*
- ❑ *Cápsulas de gás venenoso*
- ❑ *Carteira*
- ❑ *Dois escorpiões vivos*
- ❑ *Balas com recheio de chiclete*

Uniformes reserva

Lembre-se de manter sempre um estoque de uniformes extras. Você nunca sabe quando, ao lutar com um super-herói, alimentar uma de suas criaturas medonhas, fazer experimentos com *laser* ou qualquer outra atividade perigosa, vai rasgar, sujar ou danificar seu nobre traje e se ver obrigado a trocar de roupa.

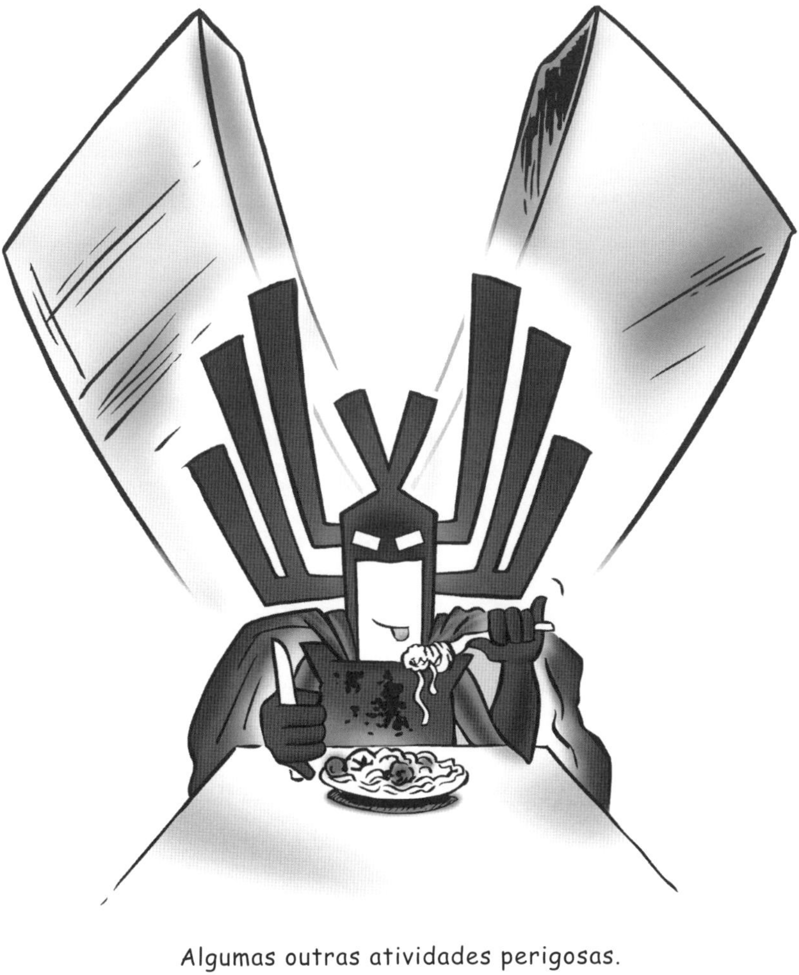

Algumas outras atividades perigosas.

Um guarda-roupa variado

Gosto de ter vários uniformes especiais, próprios para diversas ocasiões. Por mais impressionante e magnífico que seja meu uniforme básico, preciso admitir que me sinto bem vestindo algo diferente de vez em quando. Afinal, a variedade é um tempero que deixa a vida mais interessante.

Este é meu uniforme de luxo, que uso apenas quando aceito uma rendição planetária... e para posar neste retrato. Não olhe diretamente para meu uniforme por mais de alguns segundos ou o brilhantismo dele vai deixar você louco.

Este sou eu com meu uniforme aquático, que visto quando estou no meu esconderijo subaquático. César Cielo, morra de inveja.

Por fim, claro, aqui temos um *look* um pouco mais casual para momentos de descontração, quando não estou em missões maléficas. (Aliás, meus cachorros-quentes de fígado em chamas sempre fazem sucesso. Ninguém nunca reclamou mais de uma vez.)

ARRECADANDO UMA GRANA

Tudo bem, você está aí, uma pessoa jovem e maléfica com um nome aterrorizante e um uniforme fantástico, pronto para espalhar medo e desespero nos corações de seres humanos miseráveis. Então, por que você não está fazendo isso agora? A resposta: dinheiro. Mais especificamente, falta de dinheiro. Nada que cause impacto maléfico e real no mundo pode ser feito sem uma quantia considerável de dinheiro. Esconderijos precisam ser construídos; supervilões, pagos; armas apavorantes, criadas; veículos, equipados; e armadilhas mortais para super-heróis diabolicamente astutas, porém extremamente vagarosas, precisam ser desenvolvidas. Não que este capítulo precise de algo a mais para ser considerado absurdamente valioso, mas eu mesmo vou lhe dar algumas dicas para você conseguir algum capital.

À medida que você ficar mais poderoso, dar ultimatos multibilionários a nações vai ficar cada vez mais fácil. Como está começando agora, você vai ter de ajustar suas expectativas. Aqui vão algumas técnicas maléficas para lucrar muito com pequenos negócios:

Barraquinha de limonada

1. Escolha um local em que passe muita gente, para ter uma clientela garantida.
2. Reduza o custo de seus ingredientes.
3. Desencoraje a competição.
4. Aumente seu lucro por unidade.
5. Relaxe e comece a contar o dinheiro.

LIMONADA DO VORDAK EXTRAORDINÁRIA
1
LIMONADA
R$ 0,25 O COPO
LIMONADA DO VORDAK EXTRAORDINÁRIA
R$ 0,25 CADA COPO
2
LIMONADA
R$ 0,25 O COPO
LIMONADA DO VORDAK EXTRAORDINÁRIA
R$ 0,25 CADA COPO
3
MUAHAHAHAHA!!
4
LIMONADA DO VORDAK EXTRAORDINÁRIA
R$ 1.000
R$ 0,25
CADA COPO
5
LIMONADA DO VORDAK
R$ 1.000
R$ 0,25
CADA COPO
CONTROLE DA MENTE

Cortando grama

- Cobre preços mais baratos que os concorrentes. Assim, você consegue um número maior de clientes.
- Peça para receber adiantado.
- Sabote os sistemas de irrigação, faça buracos nas mangueiras e use um aparelho meteorológico para controlar a chuva, evitando que a grama cresça.
- Relaxe e comece a contar o dinheiro.

Babá de animais

- Cobre um preço justo para cuidar dos animais de estimação enquanto os donos estiverem fora de casa.
- Mande uma mensagem a eles, dizendo que os bichos foram sequestrados e exigindo R$ 500 para libertar as criaturinhas peludas em perigo.
- Relaxe e comece a contar o dinheiro.

Babá de gente

- Procedimento semelhante ao de babá de animais.
- Cobre um preço justo para cuidar das crianças enquanto os pais estiverem fora de casa.
- Mande aos pais uma mensagem exigindo R$ 500 para libertar os pestinhas são e salvos.
- Relaxe e comece a contar o dinheiro.

Reciclagem de latinhas

Isso não tem nada de diabólico, mas você deve tentar assim mesmo. Se você mora numa cidade com sistema de reciclagem, você pode vender as latinhas. Você pode ficar rico, faça as contas: 20 milhões de latinhas = R$ *1 milhão*!

MUAHAHAHAHA!!!

O Capítulo Dois acabou. Para testar se você estava prestando atenção, preparei um pequeno exercício. Use seu recém-adquirido conhecimento de moda de uniformes e selecione a imagem em que o meu uniforme está ligeiramente diferente dos outros. Se você acertar, pode ler o Capítulo Três. Se não, releia a seção de uniformes. E, desta vez, faça anotações!

(Resposta na próxima página.)

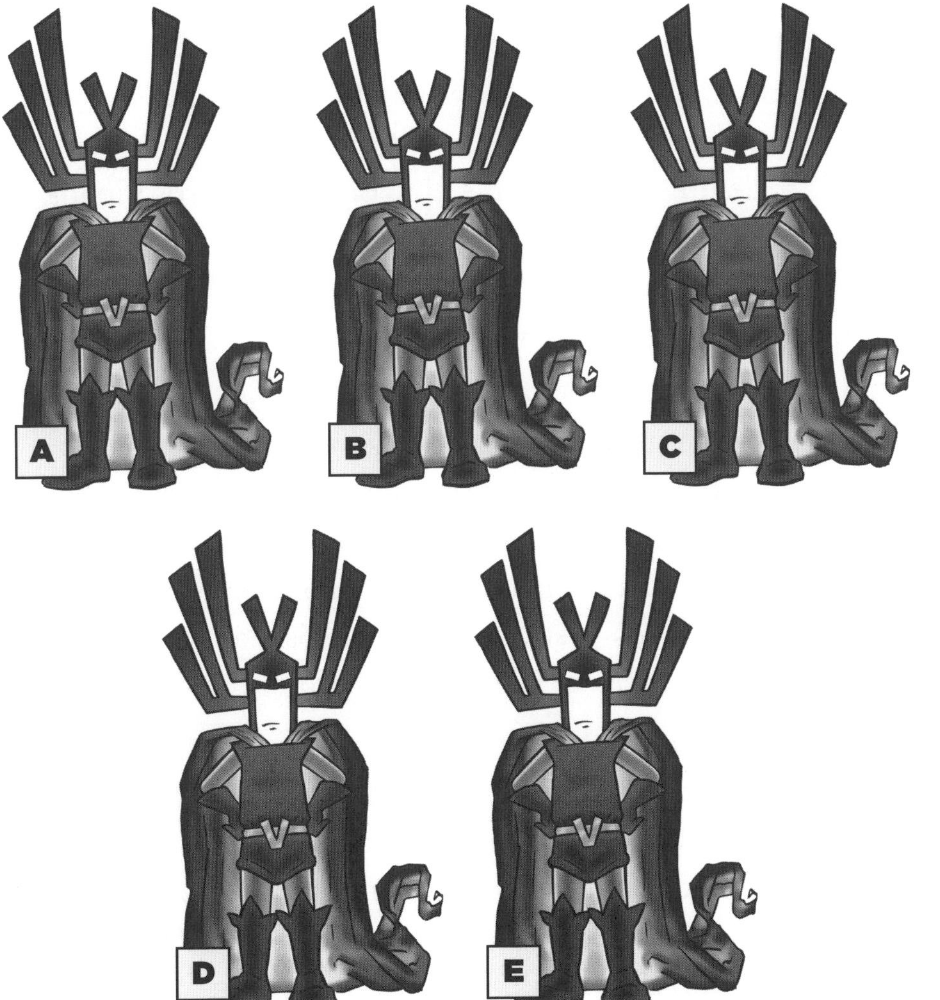

Resposta: D.

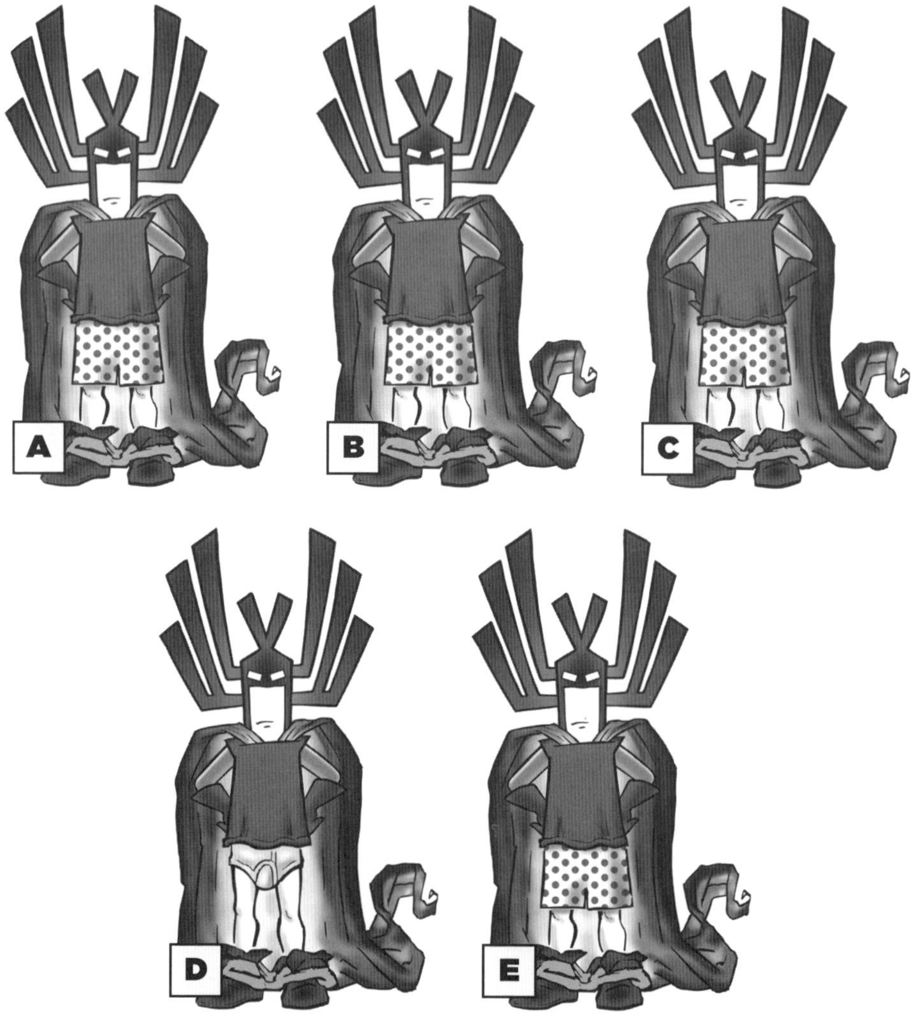

CAPÍTULO TRÊS

SUPER-HERÓIS: nobres defensores da justiça ou grandes idiotas estúpidos?

As valiosas páginas deste capítulo, elaborado com muito cuidado, vão lidar com aqueles publicamente idolatrados benfeitores que fazem de sua vida uma completa confusão: os super-heróis. Essas estrelinhas mimadas são o maior obstáculo a qualquer tentativa de dominar o mundo. Eles são poderosos, corajosos e moralmente honestos. Em outras palavras, *grandes idiotas*!

Super-heróis não precisam batalhar por nada. Eles recebem benefícios que nós, vilões, nem sonhamos em ganhar, tais como apoio do governo, os números dos celulares de líderes mundiais e desconto de 50% em *sundaes* de chocolate em algumas sorveterias. Eles também são adorados por milhões de pessoas, mesmo sem usar mecanismos de controle da mente.

No grande esquema bem *versus* mal do mundo, os super-heróis ficaram com o filé mignon. Nós, os gênios do mal, trabalhamos dia e noite desenvolvendo nossas organizações e criando planos brilhantes e maléficos, aguardando, pacientemente, a hora de atacar. E aí, do nada, mais rápido que um avião, lá vem o super-herói destruir tudo. Sem qualquer preparação ou planejamento. Ele simplesmente recebe o "chamado" e... lá vem ele, aparecendo do nada e frustrando nossos planos. Se eu tiver de escutar mais uma vez um desses super-heróis arrogantes com aquela lenga-lenga de que o mal nunca vence e como eu vou passar o resto dos meus dias atrás das grades, vou vomitar meu almoço.

"Hummm, não que eu esteja questionando a sua opinião,
Vossa Incompreensibilidade Maléfica,
mas será que não seria melhor você me ensinar sobre esconderijos, armas, veículos e coisas do tipo, antes de lidarmos com super-heróis? Quero dizer, enquanto não estivermos ameaçando o mundo, eles não virão atrás de nós, certo?"

Então, você diz que não vai questionar a minha opinião e *aí vai e a questiona de qualquer jeito*! *(Preciso... controlar... a raiva...)* Usando apenas uma colher e uma roda de queijo prato, faça uma escultura de Vordak, o Incompreensível, coloque-a em seu quarto **E REZE PARA QUE ISSO SEJA O SUFICIENTE PARA APLACAR MINHA RAIVA**! Normalmente, eu mandaria você usar queijo minas, mas eu aliviei o seu lado, pois você deu destaque na letra quando escreveu meu nome.

A razão pela qual estamos discutindo sobre super-heróis agora e não depois é que eles não vão esperar até você ser capaz de dominar o mundo, portanto vão logo importuná-lo. Assim que eles descobrirem que você resolveu dedicar a sua vida para fazer o mal, esses gladiadores do bem irão rodeá-lo como moscas em volta de cocô de cachorro,* principalmente quando você começar a usar o seu uniforme.

* SIM, NESSE EXEMPLO, O COCÔ SERIA VOCÊ. MERECIDAMENTE.

Breve comentário sobre armadilhas mortais diabolicamente astutas, porém extremamente vagarosas

Antes de prosseguir, preciso mencionar as armadilhas mortais diabolicamente astutas, porém extremamente vagarosas. Apesar de abordar com mais detalhes tais mecanismos traiçoeiros em outro capítulo, acredito que seja importante você construir uma armadilha rudimentar o mais rápido possível. A comunidade de super-heróis logo vai descobrir que você existe, e você nunca sabe quando vai ter um inimigo rendido em suas mãos que mereça e deva ser destruído lenta e prazerosamente.

Aqui está uma armadilha simples, porém eficiente, para super-heróis, e que você pode usar enquanto está sem dinheiro para criar armadilhas muito mais engenhosas. Você pode montá-la no jardim com peças fáceis de achar.

Nome da armadilha: Vingança do Roedor
Tipo de armadilha: Baixar lentamente até a morte
Funciona com: Super-heróis que pesem menos de 120 quilos
Você precisa de:
Comida para esquilos.

Instruções de montagem:

O que é um super-herói?

Ótima pergunta! O que não me surpreende, pois fui eu quem a elaborou. Para respondê-la, vamos investigar o significado do acrônimo super-herói primeiro:

Sujo

Ultrafeio

Pífio

Extremamente nojento

Roedor de unhas sujas

Homem das cavernas

Eu já disse feio? Extremamente feio mesmo!

Ruminante

Odorífero

Imprestável

"E daí, então? Eles não parecem ser tão durões. Quero dizer, sento do lado de um cara sujo e ultrafeio, que parece, na verdade, um homem das cavernas e rói as unhas. Ele apanha todo dia quando vai pra casa... Apanha de uma garota... que está no jardim de infância."

Bom, infelizmente a maioria dos super-heróis tem alguma espécie de superpoder: força sobre-humana ou alguma habilidade aguçada, como uma mira fora do comum no arco e flecha. Você precisaria de um *exército* de garotas do jardim de infância para derrotar um deles. E imagine a quantidade de Toddynhos necessária para alimentá-las!

Além dos dons físicos, os super-heróis também são moralmente fortes, muito mais do que os cidadãos comuns. Eu sei que você não tem ideia do que eu estou falando, por isso vamos dar uma olhada no seguinte exemplo: como vários tipos de pessoas reagem diante de uma casa pegando fogo.

- **Cidadão comum:** Liga para o 190.
- **Cidadão consciente:** Liga para o 190 e corre até o fim da rua para direcionar os caminhões dos bombeiros até a casa em perigo.
- **Super-herói:** Intercepta a chamada para o 190, corre até o local do fogo, faz uma parada no meio do caminho para acabar com um assalto a banco, chega ao incêndio, coloca os punhos na cintura e fala "Não tenham medo, o SR. ESPETACULAR está aqui!". Corre para dentro da casa, resgata todas as pessoas, os animais de estimação e as relíquias da família, usando o seu SuperSopro* para acabar com as chamas; faz uma pose para as fotografias, e depois um discurso sobre os perigos de deixar aparelhos elétricos ligados, salva o gato do vizinho que estava preso na árvore, diz um boa-noite a todos e volta para seu esconderijo secreto.

*OU A SUA SUPERTROVOADA.

Agora que você decidiu dedicar sua vida à conquista do mundo, esse é o tipo de gente com o qual vai ter de lidar. Todo-santo-dia. A boa notícia é que, se você memorizar a informação que estou prestes a lhe dar, vai estar um passo à frente de seus inimigos. Em seguida, apresento as fichas de alguns super-heróis com quem já tenho alguma familiaridade. Elas contêm informações extremamente valiosas e que lhe serão muito úteis caso venha a encontrar um desses asquerosos defensores da justiça pelo caminho. Essas fichas vieram dos meus arquivos secretos superespeciais (estou planejando transferir essa informação para o meu Supercomputador Vordax 12000DX, mas tenho de apagar uns joguinhos antes). Eu já travei batalhas com cada um desses canalhas; então não se preocupe, as informações estão corretas.

O INCRÍVEL HOMEM-BEBÊ

IDENTIDADE REAL: Todd Lerman

ORIGEM: Teve a mão mordida por uma criança radioativa de dois anos de idade.

PODERES: Possui força, agilidade e produção de catarro proporcional às de uma criança de dois anos de idade. Sua força (e sua produção de catarro) aumenta cem vezes quando tem um ataque de nervos. Se ele fechar os olhos, você não conseguirá vê-lo.

FRAQUEZAS: Come qualquer coisa. Fica irritado depois das 19h30. Precisa tirar uma soneca à tarde. É notório por "soltar um" durante as batalhas. Seu equilíbrio poderia ser melhor.

ARMAS/ACESSÓRIOS: Pega e arremessa objetos que estiverem por perto, geralmente depois de tê-los colocado na boca.

NOTA: É facilmente atraído para dentro de armadilhas mortais diabolicamente astutas, porém extremamente vagarosas, com biscoitos, balas ou com a música da Galinha Pintadinha.

O SUNGA

IDENTIDADE: Ben Grimace

ORIGEM: Acredita-se que ele tenha sido bombardeado por raios cósmicos enquanto pilotava um ônibus espacial em um campo de asteroides. Aparentemente, ele se esqueceu de fechar as janelas.

PODERES: Os raios cósmicos o transformaram numa criatura de pedra que tem uma força incrível e é quase invulnerável.

FRAQUEZAS: Os mesmos raios cósmicos também fizeram sua calça encolher, fazendo-a ficar frequentemente um pouco "atochada", o que o faz soltar os inimigos de suas garras para poder tirar a sunga da "fenda rochuda".

ARMAS/ACESSÓRIOS: Nenhum.

NOTA: Ele é muito melindrado em relação à aparência. Chamá-lo de apelidos como Hálito de Tijolo e Bunda de Rocha pode distraí-lo.

O VELHO ASTUTO

IDENTIDADE: O velho Crenshaw.

ORIGEM: Quando Crenshaw tinha 70 anos de idade, o supervilão Jovem Moleque furou a fila do mercado na frente dele. Ele jurou vingança.

PODERES: Tem 83 anos de idade, mas graças a um programa modesto de exercícios, tem a força, a velocidade e o sistema digestório de um homem dez anos mais jovem.

FRAQUEZAS: Confunde-se facilmente. Com frequência ele esquece o que está combatendo e por quê. Dirige o IdosoMóvel em velocidades extremamente baixas e deixa o pisca-alerta ligado.

ARMAS/ACESSÓRIOS: Usa sua bengala para cutucar a barriga dos inimigos.

NOTA: Se você de repente encontrar o esconderijo secreto dele, nem pense em pisar na grama.

O LONTRA

IDENTIDADE: Desconhecida. Ninguém se preocupou em tentar descobri-la.

ORIGEM: Um Zé-Mané qualquer botou na cabeça que uma fantasia de lontra caía bem nele.

PODERES: Nenhum que eu saiba.

FRAQUEZAS: Todas.

ARMAS/ACESSÓRIOS: Aparentemente não usa (ou não tem) nenhum. Dá pra imaginar que ele poderia aproveitar o tema "lontra" e usar, por exemplo, uma pedra para quebrar os crânios dos supervilões. Mas não, nem isso ele faz.

NOTA: Tirando o Centopeia, este é, provavelmente, o super-herói menos intimidador que você vai enfrentar. Ele gosta de dizer frases espertinhas como: "O Lontra não é nenhum *pilontra*". Dirige o LontraMóvel.

NARWHAL

IDENTIDADE: Não tenho certeza, mas eu acho que pode ser este cara aqui.

ORIGEM: Desconhecida.

PODERES: Um espadachim extremamente habilidoso que usa seu dente, que mais parece um chifre comprido, para desarmar e render os adversários. Pode mudar o canal da televisão sem usar o controle remoto.

FRAQUEZAS: Seu dente torna difícil abrir portas, andar em carros ou sentar em cinemas lotados. Seu dente também é suscetível a cáries, pois ele não consegue escovar a ponta.

ARMAS/ACESSÓRIOS: O respiradouro no topo da cabeça dele pode ser equipado para lançar gás nocauteador e lacrimogêneo.

NOTA: O dente também atrapalha a fala, o que deixa seus comentários espertinhos difíceis de entender.

CABEÇA DE FLECHA

IDENTIDADE: Desconhecida.

ORIGEM: Desconhecida.

PODERES: Força, velocidade e agilidade levemente acima da média, por ser membro vitalício de uma academia.

FRAQUEZAS: Sua mira não é a mais precisa do mundo pelo fato de ele ser completamente cego.

ARMAS/ACESSÓRIOS: Arco e uma vasta coleção de setas.

NOTA: Você pode facilmente escapar de suas flechas disfarçando-se como o lado mais largo de um celeiro.

AQUA STAN

IDENTIDADE: Príncipe Stanley, o Senhor das Profundezas.

ORIGEM: Desconhecida.

PODERES: Força incrível quando está debaixo d'água. Pode se comunicar telepaticamente com todos os seres marinhos, apesar de só saber dizer: "E aí, mermão, belê?". É um excelente nadador.

FRAQUEZAS: Tem a força e a rigidez de uma meia molhada quando em terra firme. Tubarões o acham bem saboroso.

ARMAS/ACESSÓRIOS: Seu tridente, bem pontudo, é equipado com um raio paralisante. Ele treinou várias criaturas marinhas para servir como meio de transporte, porém nenhuma maior do que um caranguejo.

NOTA: Facilmente atraído por armadilhas mortais diabolicamente astutas, porém extremamente vagarosas, quando peixinhos, objetos brilhantes ou partes de cachorro-quente são usados como isca.

HOMEM-CHUMBO

IDENTIDADE: Toby Clark, dono de indústrias e bilionário.

ORIGEM: Inventor brilhante, Clark foi sequestrado por terroristas e construiu sua roupa de chumbo para escapar. Ninguém sabe ao certo por que ele não usou titânio, que é muito mais leve, resistente e estava bem ao lado do chumbo na estante. Era só pegar.

PODERES: Seu traje é praticamente indestrutível e também proporciona força fora do comum.

FRAQUEZAS: Mal consegue se mexer, mesmo com sua força sobre-humana, por causa do peso do traje. Transpira muito e tem assaduras problemáticas.

ARMAS/ACESSÓRIOS: É equipado com raio laser no peito, raio desintegrante no visor e lançadores de foguetes nos pulsos.

NOTA: Não se preocupe com os lançadores de foguetes; ele não consegue levantar os braços para mirá-los em direção alguma.

TENENTE-CORONEL AMÉRICA

IDENTIDADE: Roger Stevens.

ORIGEM: Voluntário num experimento em que alguns dos melhores cientistas norte-americanos injetaram um soro experimental em seu corpo para tentar criar um supersoldado. Isso havia, a princípio, deixado Stevens com raiva, pois ele achava que estava sendo voluntário na doação de sangue.

PODERES: Estrategista militar brilhante e mestre em combate corpo a corpo. Pode levantar três vezes o peso do próprio corpo dependendo do que ele comeu no café da manhã. Acrobata fantástico, consegue dar seis cambalhotas seguidas.

FRAQUEZAS: Para o que está fazendo e põe a mão em cima do peito quando escuta o hino dos Estados Unidos. Em virtude de um defeito em seu design, seu escudo tem um grande buraco bem no meio.

ARMAS/ACESSÓRIOS: O Escudo da Verdade, o Porrete da Justiça e o Cinto de Utilidades do American Way.

NOTA: Vangloria-se de ser o norte-americano mais patriota do planeta, mesmo que seu uniforme tenha sido feito na China.

O ARQUI-INIMIGO

Por fim, chegamos ao (suspiro) Comandante Virtude. Quanto mais sua fama como Gênio do Mal cresce, mais a comunidade de super-heróis presta atenção em você. E, provavelmente, vai ter um herói em particular que vai dedicar a vida a defender o mundo, principalmente de *você*. Esse indivíduo é seu arqui-inimigo e, acredite, ele pode ser um pé no saco. O Comandante Virtude é o *meu* arqui-inimigo e tem sido uma dor de cabeça há décadas.

Eu ainda lembro a primeira vez que nós nos encontramos, como se fosse ontem. Eu tinha acabado de completar um protótipo de raio diminuidor temporário de longo alcance e estava prestes a demonstrar ao mundo meu poder e reduzir a população de Merrimack, em New Hampshire, à metade de seu tamanho. Esse plano maléfico deu *muito* trabalho. A máquina de raios estava lubrificada e carregada, o satélite estava alinhado e as Nações Unidas iam testemunhar o evento por meio de um circuito fechado de televisão. Assim que eu apertei o botão para acionar o raio e dei minha risada maléfica intimidadora (MUAHAHAHAHA!), quem resolve aparecer no meio das nuvens? O Comandante Virtude, com o sol reluzindo no uniforme recém-lustrado.

O raio ricocheteou no seu peito, voltou na minha direção e, sem entrar em detalhes, digamos que eu tive de comprar as minhas cuecas na seção infantil durante uns bons meses.

Esse foi o começo do nosso longo e cansativo relacionamento. Eu executava um plano maléfico e o Comandante Virtude aparecia no último minuto para frustrá-lo. Aparecer e frustrar. Aparecer e frustrar. Nossa, como eu odeio esse cara.

Por que ele e por que você?

O que faz um super-herói, um indivíduo que você nem conhece, ficar tão obcecado por você a ponto de frustrar os seus planos sempre que possível? Existem várias razões para isso, e a maioria delas nem é culpa sua, como:

Sem querer, você raptou a mãe/avó/irmã/namorada/cachorro do super-herói quando estava sequestrando reféns para depois trocá-los por bilhões de dólares em ouro. (Não é culpa sua.)

Sem querer, você destruiu o esconderijo do super-herói quando estava preparando o terreno para construir o seu fabuloso novo covil. (Não é culpa sua.)

Sem querer, você desintegrou a cidade-natal do super-herói quando estava demonstrando o incrível poder da sua arma apocalíptica para líderes mundiais. (Não é culpa sua.)

Você zombou da aparência dele diante do mundo inteiro, dizendo que nunca tinha visto um uniforme tão apertado desde que o time de vôlei precisou emprestar o uniforme para o time de lutadores de sumô. (Ok, essa provavelmente foi culpa sua.)

Dizer especificamente qual dessas ações levou o Comandante Virtude a grudar em *mim* com tanto vigor é difícil, afinal eu fiz todas elas.

DÉCIMO MANDAMENTO DA INCOMPREENSIBILIDADE

Nunca use o short de lycra de alguém sem lavar antes.

Comunicando-se com seu arqui-inimigo

Se existe alguma coisa que o super-herói adora fazer quando combate um supervilão, é começar aquela conversa espertinha. Bem, ele provavelmente prefere dar uns sopapos na cara do supervilão repetidamente, mas só isso... além de destruir o covil do supervilão. E, talvez, dar uma boa lição em seus capangas do mal. Mas o diálogo espertinho é, de longe, uma de suas manias favoritas.

Como você terá de enfrentar seu próprio arqui-inimigo com frequência, é importante ter alguma habilidade comunicacional e parar de usar os velhos clichês de sempre. Veja, no exemplo a seguir, um diálogo recheado de clichês entre um supervilão e o seu arqui-inimigo:

ALTO LÁ, ESPERTALHÃO!

FINALMENTE VOCÊ CHEGOU, EU ESTAVA À SUA ESPERA.

OS SEUS DIAS DE VILÃO TERMINARAM!

VOCÊ CHEGOU TARDE DEMAIS!

NUNCA É TARDE DEMAIS... PARA A JUSTIÇA!

EM BREVE O MUNDO SERÁ MEU!

NÃO ENQUANTO EU EXISTIR! TOME!

AI!

E MAIS UMA!

HUMF!

E OUTRA!

ACK!!

JÁ ESTÁ BOM PARA VOCÊ, MALVADÃO?

UUUGH! OK, CHEGA. EU DESISTO!

O CRIME NÃO COMPENSA!

PELO JEITO NÃO. DEIXE-ME PEGAR A MINHA CAPA. ELA ESTÁ ALI DO LADO DO MEU VEÍCULO DE FUGA.

NEM PENSE NISSO!

MALDIÇÃO! VOCÊ ATRAPALHOU MEU PLANO!

ENTÃO VOCÊ ACHOU QUE PODIA PASSAR A PERNA EM MIM?

SIM, E TERIA DADO CERTO SE NÃO FOSSEM AQUELES MOLEQUES INTROMETIDOS!

Repare em como as coisas não deram certo para o supervilão. As coisas nunca dão certo para o supervilão quando ele tenta tolamente lidar com o seu adversário super-heroico com uma retórica pouco criativa e cheia de clichês. Os super-heróis são especialistas nesse tipo de coisa. É o único jeito que eles sabem conversar. Cabe a você, como o supervilão aí nesse quarto, mudar de tom para desorientar aquele herói metido. Por exemplo:

ALTO LÁ, ESPERTALHÃO!

QUE BOM QUE VOCÊ CHEGOU, EU ESTAVA À SUA ESPERA.

SEUS DIAS DE VILÃO TERMINARAM!

VOCÊ CHEGOU TARDE DEMAIS!

NUNCA É TARDE DEMAIS... PARA A JUS . . . UH, QUE É ISSO?

UM SORVETE DE MANGA. ESTÁ UMA DELÍCIA. SERVIDO?

NÃO ENQUANTO EU EXISTIR! TOME!

EI! POR QUE VOCÊ FEZ ISSO?

DESCULPE, ACHO QUE É PELO COSTUME.

BEM, VOCÊ QUASE DERRUBOU MEU SORVETE, CARAMBA!

VOCÊ DISSE MANGA, NÉ?

SIM, SENHOR, "MANGOLICIOSO".

EU ADORO MANGA.

BEM, ENTÃO FIQUE À VONTADE!

HUMMM! QUE DELÍCIA!

CERTAMENTE!

HUMM, ESTRANHO, ESTOU COMEÇANDO A FICAR UM BOCADO SONOLENTO...

CERTAMENTE!

DEIXE-ME ADIVINHAR: VOCÊ COLOCOU ALGUMA COISA NO SORVETE... EM ALGUNS INSTANTES DESMAIAREI E LOGO DEPOIS VOCÊ ME COLOCARÁ NUMA DESSAS SUAS ARMADILHAS MORTAIS DIABOLICAMENTE ASTUTAS, PORÉM EXTREMAMENTE VAGAROSAS, CORRETO?

BINGO!

DROGA.

Repare na diferença. Se por alguma razão você precisa soltar alguns clichês para se sentir realmente sinistro, espere até que seu arqui-inimigo esteja preso na armadilha mortal diabolicamente astuta, porém extremamente vagarosa. Você pode até dizer alguns clichês enquanto revela os detalhes do seu plano maléfico de acordo com o Regulamento 7.1b das Regras Oficiais de Etiqueta entre Super-heróis e Supervilões.*

* Esse regulamento foi aprovado durante uma reunião secreta há muitos anos. Infelizmente, os heróis foram representados pelo Capitão Advogado, o que resultou em regras como o Regulamento 7.1b, que já me deixou em apuros inúmeras vezes.

faça ele quicar de cabeça no chão até que ele se lembre.

Regulamento 7.1b – Se um supervilão render um super-herói, o supervilão deve revelar todos os detalhes do seu plano maléfico antes de "extingui-lo(a)". Isso pode ser feito por meio de um diálogo direto entre as duas partes ou deixando o super-herói escutar o supervilão enquanto ele descreve os seus planos num discurso egomaníaco para si mesmo. Se o super-herói conseguir escapar, ele pode usar essa informação da maneira que julgar apropriada.

Regulamento 7.1c – Se o super-herói e seu fiel escudeiro forem capturados simultaneamente, eles devem ser amarrados juntos e de costas, de maneira que o escudeiro possa ter acesso ao cinto de utilidades do super-herói. Dessa maneira, o super-herói terá uma chance para

Um breve comentário sobre fiéis escudeiros

Por mais difícil que seja de acreditar, existe um ser nesse planeta que me irrita ainda mais do que um super-herói.

"Você quer dizer... eu?"

Tudo bem. Dois seres. E este outro é o aliado do super-herói, seu fiel escudeiro, um minibenfeitor que é exatamente como um super-herói de verdade, só que mais jovem, menor e sem superpoderes. Ele também usa um uniforme, mas ele não é... digamos assim... tão "másculo" quanto o uniforme usado por seu parceiro adulto (pense, botas de Peter Pan). A sua habilidade em luta é mais ou menos equivalente à de dois dos meus capangas e o seu vocabulário consiste, basicamente, em exclamações como "Puxa Vida!", "Santa Surpresa!" e "Macacos me Mordam!".

Nem todo super-herói tem um aliado, mas aqueles que o têm, o têm pelas seguintes três razões:

1. Avisar o super-herói que um supervilão está sorrateiramente se aproximando por trás dele.

2. Ajudar o super-herói a escapar de armadilhas mortais diabolicamente astutas, porém extremamente vagarosas.

3. Limpar e encerar o supermóvel.

O bom dos fiéis escudeiros é que eles são ótimos reféns. Não existe isca melhor para atrair um super-herói do que um aliado raptado.

"Por que supervilões nunca têm fiéis escudeiros?"

Porque nós acabaríamos raptando nossos aliados. É o que sempre acaba acontecendo.

Com isso, terminamos o capítulo sobre super-heróis. Agora que você leu este capítulo, tenho certeza de que vai concordar que estas páginas contêm uma quantidade inimaginável de sabedoria. Feche o livro e coloque-o num lugar seguro por alguns dias antes de começar o capítulo sobre esconderijos, ele também é igualmente impressionante, e eu temo que ficar lendo um capítulo atrás do outro fará sua cabeça explodir. Mesmo se você parar agora, talvez ela exploda de qualquer jeito. Se isso acontecer, me mande um e-mail que eu envio por correio uma cabeça robótica sobressalente (não se esqueça de indicar o tamanho: P, M ou G).

“Perdoe-me,

Vossa Incompreensibilidade,

mas será que você podia dar uma última dica para derrotar os super-heróis antes de passarmos para o próximo capítulo?”

Muito bem. Você se comportou razoavelmente bem depois daquele incidente no começo deste capítulo, então, eu lhe apresento...

...uma última dica para derrotar super-heróis antes de passarmos para o próximo capítulo:

Ridicularize o nome do super-herói durante a batalha. Se você estiver lutando contra O Poderoso Patrulhador, pode chamá-lo de O Poderoso Flatulador. O Falcão seria o Faustão, o Comandante Cometa seria o Comandante Perneta. Essa falta de respeito os deixa *extremamente* zangados e bem atordoados.

CAPÍTULO QUATRO
O covil MALÉFICO

Se você quiser ser levado a sério como um supervilão do mal – e o simples fato de que você está lendo este volume gigantesco diz que é isso que você quer –, você *precisa* ter um covil. Esse esconderijo abominável vai servir de quartel-general para suas operações globais do mal. Entre essas quatro paredes você vai criar planos sinistros, planos capazes de causar úlceras nos outros, e projetar armas perversamente diabólicas. Você punirá capangas desastrados e tirará sonecas maravilhosas, e também vai capturar pobres super-heróis nas suas armadilhas mortais diabolicamente astutas, porém extremamente vagarosas.

ULTRASSECRETO OU BANDEIRA VERMELHA

Talvez a decisão mais delicada que qualquer aspirante a IMPERADOR MALÉFICO DO MUNDO vai enfrentar é se mantém o local de seu esconderijo em segredo ou inclui alguma coisa que lembre sua imagem formidável na arquitetura do covil. Eu sempre tive uma queda pela "imagem formidável", e, com uma imagem como a minha, quem não teria? Aqui estão algumas fotografias para demonstrar do que estou falando. Utilizei essas fortalezas incomparáveis durante minha fase de covis "monumentos nacionais". Você pode olhar e não acreditar, eu ainda não acredito.

Palácio de Westminster

Esse estiloso esconderijo era muito bem localizado no coração de Londres. Infelizmente, ninguém me avisou que ele tinha um sino enorme dentro, e o seu tinido constante me forçou a me mudar.

Torre Eiffel

Esse enorme edifício do mal foi provavelmente o meu esconderijo mais gracioso. Também foi o menos planejado. Assim que me mudei, descobri que a torre não tinha uma parte interior.

Mount Rushmore

Se eu tivesse conseguido dominar o mundo enquanto estava alojado ali, teria colocado a minha face nas outras três cabeças também.

Estátua da Liberdade

Arquitetei como tornaria toda a humanidade minha escrava dentro de um dos símbolos de liberdade mais famosos do mundo. Ah, deliciosa ironia!

Grande Esfinge

Eu não sei o que passou pela minha cabeça, o negócio fica bem no meio do deserto, ora bolas.

Como você pode ver, sigilo nunca foi muito importante para mim. Algumas pessoas dizem que foi por causa disso que minhas repetidas tentativas de dominar o mundo ~~fracassaram, deram com os burros n'água, falharam miseravelmente~~ não deram muito certo, mais insisto: elas falharam por causa de circunstâncias que estavam fora do meu controle.

O COVIL PARA PRINCIPIANTES

Será que você vai conseguir construir, de primeira, um santuário tão glorioso quanto os que acabou de ver? Claro que não. Afinal, você não passa de um verme resmungão e choramingão. Mas você precisa começar a elaborar seus planos diabólicos o mais cedo possível, e por isso vai precisar de algum tipo de covil imediatamente.

Eu sugiro que você comece com algo básico, como o seu quarto.

Com algumas pequenas alterações, você pode ter um covil no seu quarto em pouquíssimo tempo. Aí, quando sua carreira no mundo do mal começar a engrenar, você atingirá postos de comando mais diabolicamente magníficos, como eu fiz:

Tabela Progressiva de Covis Maléficos de VORDAK, O INCOMPREENSÍVEL

TIPO DE ESCONDERIJO	COMO EU DESCOLEI A GRANA
QUARTO	ECONOMIZEI DINHEIRO QUE GANHAVA DE ANIVERSÁRIO.
CASA DA ÁRVORE	CORTEI A GRAMA DA SRA. BRITTLEBUN.
GARAGEM ADAPTADA	TRABALHEI COMO EMPACOTADOR NO MERCADO.
ESTAÇÃO ESPACIAL ORBITAL GEOSSINCRONIZADA – CLASSE APOCALIPSE	RECEBI R$100 BILHÕES DE RESGATE DA LIGA DAS NAÇÕES, DEPOIS DE AMEAÇAR USAR MEU RAIO DE EVAPORAÇÃO INCONCEBÍVEL PARA DRENAR O OCEANO ATLÂNTICO.

"Ok, mas como eu vou saber que é hora de me mudar para um esconderijo maior? Você tem alguma lista de quatro sinais ou algo que possa mostrar?"

Uma lista de quatro sinais é exatamente o que tenho. Você obviamente andou pulando páginas, e vai pagar caro por isso. Escreva *eu não sou digno da incompreensível sabedoria de Vordak* cinquenta mil vezes, uma frase por página e mande pelo correio para mim: IMEDIATAMENTE! Só depois disso você vai poder olhar estupefatamente para:

Os Quatro Sinais de que É Hora de se Mudar para um Esconderijo Maior

por VORDAK, O INCOMPREENSÍVEL

1. Tem uma fila enorme do lado de fora do barraco onde seus capangas ficam de castigo.
2. Você tem de colocar uma mesinha na ponta da Mesa de Conferência da Iniquidade para todo mundo conseguir se sentar.
3. Seus supervilões estão dormindo em beliches.
4. Seu esconderijo atual parece com isso:

Valeu a pena ficar com cãibras nas mãos, não valeu?

ESCOLHENDO O ESCONDERIJO CERTO PARA VOCÊ

Depois de ter executado alguns planos maléficos, causando um tanto de miséria e ganhando um pouco de fama, é hora de se mudar para um esconderijo realmente digno de sua crescente maldade. Mas que tipo você vai escolher? Ele deve ser subterrâneo? Se for subterrâneo, quanto abaixo do solo? Ele deve ser móvel ou fixo? A entrada deve ser uma porta ou a boca de um palhaço gigante? Você tem várias opções ameaçadoras, e eu gastei muito do meu valioso tempo descrevendo as opções abaixo:

A abominável fábrica portuária abandonada

Localizada no centro de criação de capangas, fábricas portuárias abandonadas têm bastante espaço para veículos, armas e supercomputadores. Elas normalmente já vêm pré-equipadas com um labirinto de passarelas para serem usadas durante fugas, maquinários perigosos que podem ser convertidos em armadilhas mortais e barris de lixo tóxico que podem ser usados para criar monstros horríveis ou para afundar "cabras" incompetentes. As fábricas tendem a ter um ventinho frio no inverno, portanto é bom ter sempre um suéter por perto.

A estação espacial orbital que paira ameaçadoramente

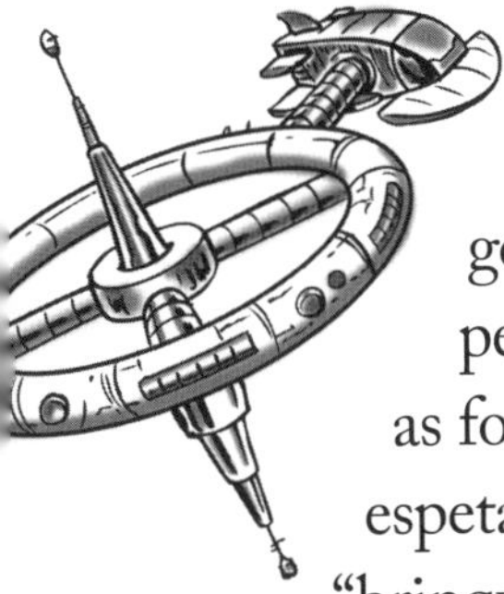

Se você é do tipo de pessoa que gosta de raios da morte (e que supervilão não gosta, correto?), esse esconderijo espacial é perfeito para lança-raios destrutivos de todas as formas e tamanhos, além de oferecer uma vista espetacular de toda a devastação da Terra. Mas esse "brinquedinho" não é barato: um esconderijo espacial bem equipado pode custar bilhões de dólares, e isso não inclui papel higiênico. **Dica:** Se você resolver adquirir uma estação espacial, me mande um e-mail, e vou mostrá-lo como fazer um gato no seu coletor de energia com raio-tsunami para pegar TV a cabo.

A fortaleza medieval montanhosa

Um dos grandes clássicos dos esconderijos maléficos. Sua estrutura de pedra é eterna, e talvez por isso tenha se tornado uma opção popular, pois pode ser herdado por várias gerações de malfeitores. Tem vários calabouços, o que significa muito espaço para prender reféns e super-heróis aguardando a sua vez para serem colocados em armadilhas mortais diabolicamente astutas, porém extremamente vagarosas. Essa fortaleza impenetrável também vem com um grande tanque de água em que você pode colocar crocodilos, piranhas ou qualquer tipo de líquido capaz de dissolver corpos.

Nota: Subir os degraus da entrada pode ser exaustivo, principalmente se você estiver carregando compras.

A base lunar misteriosa

Se você estiver procurando um lugar calmo para relaxar e planejar a ruína da humanidade, você deve pensar em construir uma base lunar futurista. Ter bastante espaço para expandir e poder ver a Terra por sua janela vai ajudar você a não perder o foco. Se seus planos incluírem a total destruição de um grande pedaço do planeta, você vai estar são e salvo dentro de uma cratera aconchegante, a mais de 380 mil quilômetros de distância. O único problema, e não é um problema tão grande assim, é que a Lua não tem uma atmosfera, logo, se o seu gerador de oxigênio quebrar, você vai ter uma morte dolorosa, agonizante e apavorante.

O submarino traiçoeiro

Se você almeja controlar os oceanos do mundo e não se importa em comer peixe frito três vezes por dia, o esconderijo submarino pode ser o covil ideal para você. Equipado até o pescoço com torpedos, mísseis e outros armamentos de última geração, esse santuário submergido vai permitir a você aterrorizar todos os veículos marítimos do mundo.
Dica: Por causa da reciclagem de ar dentro do navio, recomendo enfaticamente que você proíba qualquer flatulência por parte da tripulação.

A ilha vulcânica do mal

Talvez você esteja interessado num refúgio remoto onde vai poder realizar seus experimentos genéticos longe das luzes da civilização. Bom, aqui está a cura para seus anseios. Selvagem e repleta de seres para suas experiências (os nativos da ilha), essa ilha vulcânica é o local perfeito para experimentos malignos. Também é um ótimo esconderijo para passar as férias. **Nota:** Esses covis são difíceis de encontrar, não é fácil achar uma ilha com um vulcão dormente e uma entrada com a forma de uma caveira que não seja habitada por um gorila de 30 metros de altura.

O domo aquático bizarro

Se seus planos de dominação mundial incluem gerar ondas gigantes, sugiro que você dê uma olhada nesse domicílio das profundezas, por causa do fácil acesso a falhas geológicas nas fossas oceânicas.

O problema é que, se alguma coisa provocar uma rachadura, por menor que ela seja, o domo vai implodir e a pressão vai amassar a sua cabeça como se ela fosse uma bola de futebol murcha.

A cobertura sinistra do arranha-céu

Sua localização no centro de uma cidade grande faz desse santuário celeste uma ótima escolha para quem quer fazer experimentos com controle da mente ou hipnose de multidões. Se você escolher esse esconderijo, encontre quem encha uma grande varanda com balões de água e catarro para você poder bombardear os pedestres.

Caso o sigilo seja essencial: A maioria dos super-heróis mora na cidade, por isso sugiro que você não coloque seu número na lista telefônica.

A gloriosa catedral gótica

Eu já usei uma catedral gótica abandonada como esconderijo. Com seus pináculos majestosos, pedra esculpida e mosaicos de vidro, ela era um verdadeiro espetáculo, assim como eu. As salas enormes e pé-direito altíssimo forneciam bastante espaço para estocar as minhas várias armas, os meus veículos e as estatuetas de *Supervilão Maléfico do Ano* que possuo.

Bônus: A maioria das catedrais góticas também tem um sistema de catacumbas subterrâneas, o que é perfeito para fugas de última hora.

O parque de diversões deserto e ardiloso

Se livrar o mundo de super-heróis está no topo da sua lista de objetivos (e por que não estaria?) considere se instalar num parque de diversões abandonado e executar o:

Plano Espetacular de Eliminação de Super-Heróis, por VORDAK, O INCOMPREENSÍVEL

1. Atraia o defensor da decência para seu covil usando um fiel escudeiro sequestrado ou alguém próximo do super-herói como isca.
2. Use os labirintos de espelhos e casas de diversão do parque para confundir e desorientar o super-herói.
3. Capture-o e coloque-o numa armadilha mortal diabolicamente astuta, porém extremamente vagarosa, que você criou alterando uma das atrações do parque.
4. Enquanto ele espera o fim, revele calmamente os detalhes do seu plano de dominar o mundo enquanto você come algodão-doce.*
5. Repita o plano até você eliminar todos os super-heróis.

* NÃO, O SEU PLANO NÃO É DOMINAR O MUNDO ENQUANTO VOCÊ COME ALGODÃO-DOCE. VOCÊ PRECISA *REVELAR* O SEU PLANO ENQUANTO COME ALGODÃO-DOCE.

O abominável centro de comando flutuante

Assim como o esconderijo submarino, a vantagem do esconderijo flutuante é que a comunidade de super-heróis vai ficar louca tentando adivinhar onde você está. Ao contrário do submarino, você pode soltar bombas, líquidos venenosos e capangas malcriados na população abaixo. A desvantagem desse esconderijo é que ele é vulnerável a pássaros com bicos afiados e esta fortaleza só faz 0,000001 quilômetros por litro de combustível para centro de comandos flutuantes.

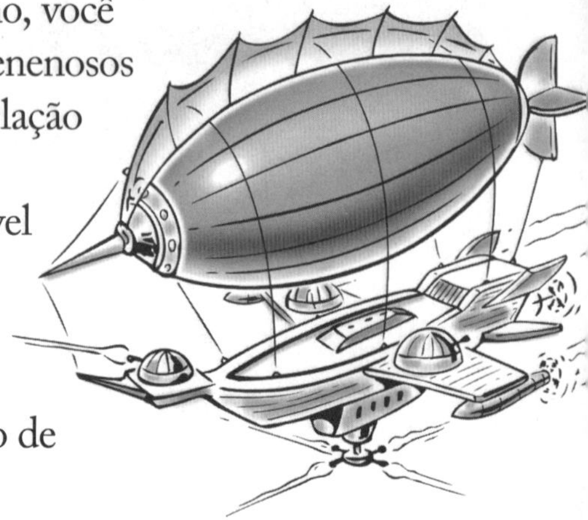

A inimaginável fortaleza subterrânea

Tudo bem, ela não é grande coisa na superfície, mas é o que está embaixo da terra que importa. E o que está embaixo é uma rede de túneis e cavernas capaz de alojar seus exércitos de capangas maléficos. Esse covil subterrâneo também é ideal caso você queira aterrorizar o planeta esquentando o centro da Terra ou soltando criaturas gigantes presas em suas entranhas. Na ilustração, a entrada fica numa cripta, mas armazéns de ferramentas e cabanas de caça abandonadas também podem ser ótimas entradas.

Cuidado: O problema desse tipo de esconderijo é que é necessário apenas um explosivo bem colocado para fazer todo o complexo desmoronar. E é impossível conseguir sinal no celular.

CONSELHOS FINAIS

O tipo de covil que você vai escolher e como você vai equipá-lo só depende de você. Sim, eu poderia dizer exatamente o que você deve fazer, e, é claro, seu esconderijo seria bem melhor; mas aí não seria o seu covil, né? Serão todas as decisões estúpidas que você tomar que vão tornar o esconderijo só seu.

Dito isso, algumas coisas que julgo importantes devem ser mencionadas. Se quiser, você pode ignorar estes conselhos, mas saiba que poderei encontrá-lo e destruir facilmente seu esconderijo.

- **Piso:** Os quartos e corredores de seu esconderijo devem ter pisos de azulejo, pedra, madeira ou metal para criar ecos intimidantes quando você estiver caminhando. Nada de carpete! Sempre use botas com calcanhares de metal e faça todo mundo usar solas de borracha. Seus passos são os únicos que devem ecoar.
- **Tetos e portas:** Devem ser altos o suficiente para atravessar as portar e caminhar sob o teto com o seu *capacete intimidador*.
- **Decoração:** Estátuas e retratos são essenciais, e a temática tem de ser "EU, EU, EU". Por exemplo, veja um dos típicos corredores de um dos meus típicos covis:

É assim que você deve decorar seu esconderijo, e com isso não quero dizer com estátuas e retratos seus. Você precisa decorar com estátuas e retratos meus, do Vordak, o Incompreensível!

• **Banheiros:** Todos os banheiros devem ser autolimpantes e equipados com ganchos para capas, além de cabines extragrandes para acomodar uma grande gama de supervilões, alguns dos quais não têm o poder da higiene.

• **Divisão de quartos:** Se você quer ter supervilões sob o seu comando e morando em seu covil, use o bom-senso para decidir quem vai dividir o quarto com quem. Por exemplo – eu tive de lidar com isso –, nunca deixe o Terremoto e o Kid Nitroglicerina no mesmo quarto.

• **Sala de conferência:** Sua cadeira deve ser, de longe, a maior cadeira da mesa, um símbolo da sua superioridade sobre todos os outros supervilões presentes.

• **Compartimento de fuga:** A parte mais importante de qualquer esconderijo maléfico. Se você for acuado por seu arqui-inimigo, vai precisar dar um jeito de escapar e continuar a batalha em outro momento. O compartimento deve ser grande o suficiente apenas para caber você e talvez um pequeno animal de estimação. Afinal, você não quer passageiros indesejados pegando carona. Você sempre deve estar a, no máximo, um ou dois passos de um compartimento; então instale compartimentos de fuga de três em três metros por todo o seu covil, e não se esqueça que eles precisam ter um banheiro (eu tive de aprender essa lição sozinho... não pergunte como...).

"O que você quis dizer com aprender a lição sozin...?

EU DISSE: NÃO PERGUNTE!*

* VOCÊ PODE TER CERTEZA DE QUE ESSA PEQUENA INSOLÊNCIA VAI CUSTAR CARO! ESCREVA *EU NÃO SOU DIGNO DA SABEDORIA DE VORDAK, O INCOMPREENSÍVEL* CINQUENTA MIL VEZES, UMA PALAVRA POR PÁGINA, E MANDE PARA MIM EM ENVELOPES SEPARADOS. ESTE NÃO É O JEITO MAIS AGRADÁVEL DE TERMINAR O CAPÍTULO, NÃO É?

CAPÍTULO CINCO

Criando uma organização **MALÉFICA** de primeira

Existe um provérbio que diz: "Uma organização é tão boa quanto as pessoas que fazem parte dela". Felizmente, eu sempre fui membro de todas as organizações das quais participei, o que garantia o sucesso delas. Você, entretanto, não tem a mesma sorte. Para dominar o mundo, você vai precisar se associar a pessoas boas, e quando eu digo pessoas boas, quero dizer pessoas más. Seguindo essa lógica, seria ruim você se associar a uma pessoa boa porque nenhuma pessoa boa é ruim o suficiente para ser uma pessoa má de boa qualidade, portanto você vai, definitivamente, querer evitar isso.

O conhecimento desconcertante deste "capibuloso" capítulo vai ajudá-lo a montar uma gangue de caras maléficos em tempo recorde.

DÉCIMO PRIMEIRO MANDAMENTO DA INCOMPREENSIBILIDADE

De vez em quando, será preciso criar um poderoso adjetivo, como "capibuloso", para você manter uma imagem de superioridade vocabular, principalmente quando você não consegue encontrar uma alternativa satisfatória no Dicionário do Mal.

Vamos começar examinando: ALTO LÁ! NINGUÉM SE MEXE! Estou sentindo que alguns babacas pularam os capítulos anteriores e vieram diretamente para este capítulo. Se você chegou aqui ousando pular as seções anteriores, deite no chão e faça mil abdominais, equilibrando uma bola de boliche na sua cabeça. Esses capítulos não existem apenas para eu poder me deleitar com a minha inteligência – é para você se deleitar também. Pensando bem, faça dois mil abdominais, e se você fez cara de insatisfeito, faça mais quinhentos. Agora volte para o início e comece a ler o livro de novo, a partir da página dos créditos, memorizando tudo. E eu espero mesmo que você esteja usando as luvas de bode selvagem etíope.

Para aqueles que leram o livro da maneira correta, vou mostrar agora como vocês devem montar a sua organização maléfica com um quadro de funcionários que vai proporcionar:

- o material humano e o poder de fogo necessários para executar os esquemas abomináveis que você planejará para dominar o mundo;
- alguém para atormentar enquanto você não controla o mundo.

Subordinados (número recomendado: dez mil ou mais)

Esses lamentáveis burros de carga ocupam a posição mais baixa na hierarquia e serão utilizados para formar sua horda maléfica, sua multidão maligna, seu exército da escuridão. Às vezes, eles podem ser difíceis de controlar, mas quando trabalham bem podem ser uma praga incansável para a civilização.

Os subordinados normalmente não têm muita ambição e estão dispostos a obedecer a todos os comandos, mesmo que isso resulte num membro, por exemplo uma cabeça, decepado.

Uma horda de subordinados bem treinados é extremamente útil para:

- aterrorizar a população;
- exterminar os exércitos de países teimosos e irritantes;
- criar uma distração para esconder as suas verdadeiras intenções;
- manter certo nível de opressão depois de você ter conquistado o mundo;
- completar os times da sua Liga Maléfica de Futebol.

Existem vários tipos de subordinados. Eles variam de acordo com o preço e a capacidade de destruição, e as alternativas mais baratas geralmente não são tão poderosas. Portanto, fique atento: preço é qualidade.

Seres de Inteligência Limitada (SILs)

Esse grupo inclui zumbis, primatas treinados e fãs do Justin Bieber. Eles são razoavelmente baratos e facilmente controlados quando bombardeados com:

- ameaças de tormento físico;
- falsas promessas de que eles vão ser importantes após você dominar o planeta;
- bananas.

A utilidade dos SILs é, no entanto, limitada por causa de uma dificuldade em entender e executar comandos. Individualmente, eles não são muito poderosos, mas em grupo podem dominar as suas vítimas. Eles conseguem criar caos com facilidade, desde que estejam em grupos de dez mil ou mais. Eles não são muito higiênicos, então não os deixe chegar perto do seu covil.

Clones

A produção de clones é muito cara por causa do alto custo do material de clonagem. O valor, porém, compensa pelos baixos custos de uniformes e armaduras, já que eles podem ser fabricados em tamanho único. Algumas mentes do mal gostam de encher seus exércitos de subordinados com clones de si mesmos. Eu não. Claro, o espetáculo de um exército de Vordaks, os Incompreensíveis, seria uma visão e tanto, mas por algum motivo acho que isso me faria sentir menos especial. Além do mais, clones também têm problemas de autoestima devido a sua falta de individualidade. Eu tive esse problema em minha própria organização; e então criei um programa de premiação que melhorou bastante a moral dos clones, fazendo-os se sentir "únicos" e "especiais".

Entidades programáveis

Essa categoria inclui robôs e ciborgues, serventes ideais que podem ser programados com os detalhes exatos de cada missão. É uma opção cara, principalmente se eles precisarem de baterias. Mas um exército de seres mecânicos ou parcialmente mecânicos bem montados pode ser praticamente invencível. Aliás, e isso já foi provado, um massacre de robôs ou ciborgues só pode ser parado caso um super-herói consiga reprogramar as unidades e fazê-las se atacarem – e atacarem o seu criador –, o que acontece mais ou menos 100% das vezes.

Demônios, diabos e outras criaturas nefastas do submundo

Eu lhe aconselho com urgência a evitar essa opção. Claro, ela soa tentadora: jogar as crias do inferno no meio da humanidade. Porém, você vai ter de passar meses pesquisando encantos e feitiços que abram uma porta terrena para o submundo. E para quê? Para o primeiro demônio que passar pela porta devorar sua alma e tomar seu corpo, aproveitando o traje maléfico que lhe deu tanto trabalho para elaborar? Ah, sem chance!

A terceira idade

Esse grupo representa uma fonte subestimada de subordinados. Desarmado, um idoso realmente não é tão imponente se comparado às opções anteriores. Mas quando equipados com a sua arma favorita, um automóvel, uns mil deles podem transformar uma metrópole num caos total. O problema desse grupo é que ele é difícil de controlar. Se você tentar ameaçá-los, eles vão bater em você sem dó com bengalas e bolsas pretas, objetos capazes de danificar o Capacete Desconcertante. Nem adianta tentar controlar a mente desse grupo, pois o pouco tecido cerebral deles que ainda funciona é totalmente ocupado por histórias de como a juventude foi muito mais difícil que a sua, portanto só lhe resta mandar pelo correio vales-desconto para restaurantes e observá-los a tomar conta desses locais como gafanhotos numa plantação de milho.

Eu sempre achei importante governar os meus subordinados com mão de ferro e aplicar uma disciplina rigorosa quando eu julgo necessário, ou seja, sempre. Qualquer servente que valha a pena logo aprende a apreciar esse tratamento horrível, pois ele é a prova de que a sua existência, por mais inútil que seja, merece ser atormentada. Afinal, você não o puniria desnecessariamente se não se importasse. Por exemplo, esses dias eu recebi esta pequena surpresa na minha caixa de correio:

Caro Sr. Incompreensível,

Olá! Eu espero que esteja tudo bem com o senhor. Você provavelmente não se lembra de mim, mas eu queria dar um oi e dizer que foi um privilégio ter sido seu subordinado. Depois que você se aposentou, trabalhei para vários mestres e tive o prazer de devorar carne humana em todos os cantos do mundo. Mas quando eu devorava carne humana para você, o gosto era sempre um pouco melhor...

Hoje em dia muitas pessoas querem me contratar, o que atribuo à experiência que ganhei quando trabalhei para Vossa Suprema Majestade do Mal. E eu quero dizer que não tenho o menor ressentimento pela vez que você me jogou no tanque de tubarões durante um ataque de fúria. Muito pelo contrário, só serviu para me esforçar ainda mais a superar a falta do meu braço direito e da minha perna direita.

Estou mandando minha foto junto desta carta para refrescar sua memória, apesar de que, na época em que trabalhei para você, acho que minha narina esquerda ainda estava parcialmente intacta. Bom, vou parando por aqui, pois você deve ter coisas mais importantes para fazer; mas caso você ainda esteja querendo dominar o planeta, estou à sua disposição.

Atenciosamente,

Geraldo Defuntino,
o Falecido

Capangas (número necessário: dez, mais ou menos)

Também conhecidos como brutamontes de plantão, leões de chácara e jagunços, eles são parte importante de qualquer equipe do mal. Eles "preenchem o espaço" entre o caos desordenado causado pelas hordas de subordinados e as funções superespecializadas dos supervilões, ao fornecer serviços valiosos como:

- assaltos a banco;
- sequestros;
- proteger entradas de esconderijos;
- coletar resgates;
- formar a primeira, porém facilmente derrotada, linha de defesa contra super-heróis que conseguem entrar no seu covil;
- jardinagem e limpeza;
- arrastar os prisioneiros até seus pés;
- puxar o saco.

Capangas de alta qualidade são criminosos comuns ou vêm de alguma área marginal da sociedade. Ao contrário dos subordinados, os capangas são razoavelmente apresentáveis e conseguem se inserir na sociedade sem serem percebidos. Porém, suas golas rolê e a barba malfeita chamam a atenção na maioria dos países, menos na França.

Franceses

Capangas

Um capanga bem treinado sabe exatamente em que ponto se encaixa no esquema geral das circunstâncias. Ele aceita que sua vida não é importante quando comparada com a sua e que seu papel na organização exige um tremendo sacrifício pessoal. Um capanga que valha a pena deve estar disposto, por exemplo, a se jogar na frente de um trem para:

- tirar você do caminho, salvando sua vida;
- distrair quem estiver por perto, o que lhe deixará livre para executar outro esquema diabólico qualquer;
- diminuir a velocidade do trem, pois um ventinho forte amassaria desnecessariamente sua capa.

Dificilmente você vai precisar de mais que oito ou dez capangas de uma vez, mas eles não duram muito tempo; então terão de ser substituídos frequentemente. A maioria dos Gênios do Mal usa uma agência especializada que pode auxiliar nesse processo.

O CAPANGA DESCARTÁVEL
Agência temporária

LUIZINHO TRÊS DEDOS
"ESPECIALISTA EM AQUISIÇÕES"

R. JOELHO DE PORCO, 789
CAPANGACITI
CEP 08333-888
TEL.: (123) 555-3217

"A GENTE FORNECE O CAPANGA, VOCÊ FAZ ELE TEMPORÁRIO."

O CAPANGA DESCARTÁVEL
"GARANTIA"

Se você não estiver satisfeito com seu capanga, simplesmente jogue-o num ninho de sucuris. Nós enviaremos um substituto.

SERVINDO COM ORGULHO A COMUNIDADE DE GÊNIOS DO MAL DESDE 1932.

Eu usei esta agência. Eles foram extremamente prestativos e profissionais, principalmente depois de eu ter implantado aquele explosivo com detonador remoto na base do crânio do tal Sr. Três Dedos.

Você deve punir seus capangas com certa frequência, mesmo quando eles fizerem exatamente o que você mandou. Isso vai fazer com que eles nunca se distraiam. E exija que eles lhe chamem de "Vossa Imensidade" ou "Vossa Enormidade", para que eles nunca esqueçam que não valem nada se comparados a você.

Um aviso: Capangas têm um irritante hábito de grunhir feito porcos quando capturados e questionados pelas forças da justiça, portanto nunca conte todos os detalhes de seus planos a eles. Eles também têm uma mira péssima. As únicas coisas em que eles conseguem atirar são portas de carros e latas de lixo. Como você pode imaginar, eles são motivo de piada na comunidade de super-heróis:

Capitão Pureza: DESCULPE PELO ATRASO. EU FUI ENCURRALADO NUM BECO PELA GANGUE DE CAPANGAS DE VORDAK, O INCOMPREENSÍVEL.

Homem Lata de Lixo: ANTES VOCÊ DO QUE EU!
(riso histérico)

Cientistas (número recomendado: de vinte a trinta)

Claro, eles são meio nerds, mas você vai precisar deles para monitorar seus supercomputadores e sistemas de armamento ultra-avançados. Você pode atrair esses nerds desastrados com promessas de protetores de bolsos gratuitos e DVDs de *Guerra nas Estrelas*. Quando equipados com jalecos brancos e pranchetas, cientistas servem como impressionantes figurantes na gravação de ultimatos em vídeo para líderes mundiais ou fazendo um *tour* por seu covil com super-heróis capturados. Caso as forças do bem consigam invadir seu esconderijo, não espere que esses cabeças de ovo ajudem na batalha: eles são facilmente assustados por sirenes, luzes piscando e contagens regressivas de autodestruição.

Supervilões (número recomendado: de dez a vinte)

Infelizmente, o mundo está repleto de super-heróis. Hoje em dia nenhum Gênio do Mal consegue emitir um raio da morte sem que ele seja desviado pelo peitoral impenetrável de algum benfeitor deplorável. Claro, você pode enfrentar todos esses insuportáveis estandartes da virtude sozinho, mas aí você teria menos tempo para planejar a destruição da humanidade.

Entra em cena o supervilão, um ser poderoso capaz de lutar com o super-herói de igual para igual. Mais do que isso, se você levar em conta que ele não é atormentado por sentimentos como pena, compaixão e respeito pela vida humana, características que normalmente prejudicam o super-herói comum. Num mundo ideal, esse supervilão derrotaria seu adversário e o traria para o seu covil, onde você teria todo o tempo do mundo para descartá-lo, utilizando uma das suas armadilhas mortais diabolicamente astutas, porém extremamente vagarosas. O mundo não é perfeito. Se fosse, eu seria o Imperador.

O QUE SIGNIFICA UM NOME?

História real: Uma vez contratei um supervilão que se chamava "O Trovão", pois naturalmente achei que ele tinha poderes sônicos. Na verdade, o que ele tinha era um problema de gases. Aqui estão alguns outros vilões que já contratei, cujas habilidades não corresponderam às expectativas. Considere-se avisado.

SUPERVILÃO		SUPOSTOS PODERES	A VERDADE
ANACONDA		Imobiliza as vítimas com um inescapável abraço da morte.	Mastiga sem fechar a boca.
SEÑOR ESTICA		Tem um corpo elástico.	Passa a manhã inteira se alongando.
PROFESSOR POLVO		Equipado com múltiplos braços mecânicos.	Solta tinta pelo umbigo quando se sente ameaçado.
SR. ESPETACULAR		Possui vários superpoderes espetaculares.	Se acha muito espetacular.
VULCÃO		Capaz de erupções emocionais violentas que deixam um rastro de destruição.	Fica inativo por décadas.
TEMPESTADE		Controla o tempo.	Sua autoestima negativa faz as pessoas em volta se sentirem mal.
O FALCÃO NEGRO		Capaz de voar.	Dirige um Ford Falcon 1967 preto.
O MÁGICO LOUCO		Sabe lançar feitiços poderosos.	Um cara raivoso que só faz truques com cartas.
AGENTE FORMIGA		Consegue ficar do tamanho de uma formiga.	Gosta de estragar piqueniques.
ATLAS		Tem força sobre-humana.	Sabe todas as capitais dos estados.
MADAME TARÂNTULA		Superespiã internacional misteriosa e fatal.	Tem pernas peludas.

Claro, existem vários supervilões por aí com poderes de verdade. Isso não é necessariamente uma coisa boa, o que vai ficar claro quando você examinar a minha...

Lista Lendária de Supervilões que Você Deve Evitar (a não ser, é claro, que você seja um super-herói)

por VORDAK, O INCOMPREENSÍVEL

O Roedor Raivoso
O Piadista Sem-Graça
O Contagioso
Sr. Educação Especial
General Mal-Estar
Sujinho
O Poço Dourado
O Ferida Roxa
Homem-Balsa
Mandíbula de Vidro
Hal Itose
Tiazona Social
Capitão Esterco
Carl, o Compreensível
O Fósforo Molhado
Sargento Rendição
Senhor Concordância
O Moleque Grudento
O Sentinela Cego
Mimi Escandalosa
O Toalha Molhada
Queimadura Solar
Garoto Lobotomia
Capitão Frágil
Nick Nu
Senhor Meleca
O Mancha Marrom

Já deve ter ficado claro, para qualquer um com um neurônio cerebral funcional (vou me arriscar a dizer que isso inclui você, mas, pra falar a verdade, ainda tenho minhas dúvidas), que selecionar um supervilão para seu time não é tarefa simples. Existem muitos vilões incompetentes por aí, então você precisa se dar o trabalho de achar indivíduos que tenham poderes legítimos e úteis. Baseado em minha vasta experiência, acumulada durante uma longa e bem-sucedida carreira maléfica, eu sugiro que qualquer quadro de pessoal calamitoso que você criar deve incluir pelo menos:

Um fortão

Eu não estou falando de força muscular equivalente à "força de dez homens". Você vai precisar de um supervilão que seja capaz de demolir um prédio inteiro com as próprias mãos, atirar um ônibus do outro lado de um rio ou levantar o Jô Soares com um só dedinho. Eu tive dificuldades de achar alguém para esse posto no começo da minha carreira, e o melhor candidato que consegui arrumar era um vilão chamado Rex Roide, que, por estar fazendo academia há seis meses, conseguiu levantar 150 quilos. Sim, ele era muito útil quando precisávamos passar o aspirador atrás da geladeira, mas seu desempenho patético durante as batalhas contra super-heróis com força sobre-humana frustraram vários planos de dominação mundial.

Alguém com asas

Seja fazendo missões de reconhecimento, voando baixo para capturar um refém ou transportando você para um lugar seguro quando algum esquema dá muito errado, esses bandidos com penas serão um componente valioso do seu time. Infelizmente, todos os nomes para seres alados, como Homem-Falcão e Abutre, já foram usados, e por isso você vai ter de se contentar com um dos caras novos na praça, como o Homem Beija-Flor ou o Canarinho Fofinho.

Dica: Esses malfeitores aviários costumam usar o tempo livre para ficar descansando em galhos de árvores ou postes; então é uma boa ideia você usar um guarda-chuva quando estiver caminhando pelo seu covil logo depois do almoço. E não deixe que cheguem perto de suas estátuas.

Um superintelectual

Nem todos são dotados de um intelecto capaz de reformular o planeta. Aliás, eu provavelmente sou o único. E, mesmo assim, até eu contrato um superintelectual para me ajudar com tarefas complexas, como programar supercomputadores, projetar armas altamente avançadas e fazer o *upload* de vídeos no YouTube. Assim, tenho mais tempo para fazer ultimatos.

Esse superpaspalho socialmente inepto é facilmente intimidado, porém sempre muito grato por ter a oportunidade de trabalhar num laboratório tão bem equipado. Esses fatores o tornam um subordinado extremamente fiel e também com um potencial de mão cheia.

Características desejáveis: O ideal é que 90% da massa craniana do superintelectual esteja em cima de suas sobrancelhas e tenham uma rede de veias pulsantes bem visíveis. Um cérebro grande e exposto dentro de um capacete de acrílico também serve. Ele deve ser baixinho e ter um físico bem frágil, para que toda a energia proveniente de alimentos seja direcionada quase exclusivamente para o cérebro.

Onde encontrá-lo: Lojas de eletrônicos.

Dica: Sempre se dirija a seu superintelectual como "imbecil" ou "estúpido", não importa o quão mais inteligente que você ele seja. Isso vai manter a autoestima dele baixa e vai poupar você do trabalho de lembrar seu nome.

Um ser invisível

Quando é necessário um sigilo maléfico, nada supera os passos transparentes de supervilões invisíveis. Sua habilidade de andar por aí sem ser detectado faz com que eles possam infiltrar os QGs dos super-heróis para entrar em reuniões secretas, ver documentos secretos e esconder o controle remoto da televisão. Claro, você também nunca vai saber onde eles estão, o que pode causar algumas situações constrangedoras, particularmente no banheiro masculino.

Eu fiz meu subordinado transparente, InvisiBil, usar um sino no pescoço quando ele estivesse em meu esconderijo.

Dica: Exija que todos os membros invisíveis do seu time tirânico batam ponto, pois eles têm mania de chegar tarde e sair cedo.

Um mutante

A habilidade de um mutante de simular a aparência de líderes mundiais e *socialites* ricos fornece uma gama de oportunidades para um supervilão genial. Ele ou ela também podem simular a aparência de um super-herói para pagar micos em público. Além disso, um mutante pode ser um ótimo sósia para agir em situações arriscadas demais para você, mas você deve estar sempre por perto para voltar rapidamente à cena caso haja alguém que comece a puxar o saco do sósia de repente.

Alguém que possa controlar o clima

Nenhum de meus minuciosamente planejados planos precisa de alguém que controle o clima, mas por que ser um bobo e deixar que chova no dia do meu aniversário?

Um cara rápido

A supervelocidade é um poder com alta demanda entre os aspirantes a conquistadores do mundo. Um velocista de alto nível pode correr mais rápido que uma bala. Ele pode desarmar um regimento inteiro num piscar de olhos. Ele pode cometer um crime do outro lado do mundo e estar de volta com um lanche do McDonald's mais rápido que o tempo que você leva para dizer: "qualquer coisa menos nuggets". Você deve procurar uma bala humana que tenha alguns anos de experiência, pois é necessário tempo para se alcançar completo controle sobre esse poder. Uma vez eu contratei um jovem que se chamava O Flexa, que, além de não ser muito bom em ortografia, conseguia correr em volta da Terra em 12 segundos exatos. Infelizmente, ele precisava de um dia e meio para conseguir parar, o que o tornava inútil para mim. Outra coisa que você deve levar em conta: esses velocistas custam caro – haja botas extras para reposição!

Alguém com esta aparência:

Superpoderes não são necessários.

Existem muitos outros supervilões por aí procurando um líder maléfico, e muitos deles podem ser úteis para sua organização. Escolha com cuidado: o mero fato de que um supervilão em particular tenha um superpoder extraordinário não significa que ele vá se encaixar bem na sua legião letal.

DÉCIMO SEGUNDO MANDAMENTO DA INCOMPREENSIBILIDADE

Nunca contrate um supervilão que tenha o poder de invulnerabilidade. Não existe nada mais frustrante do que tentar punir um subordinado que não sente dor.

SUPER-HERÓIS ESPIÕES

A situação mais complicada que você pode enfrentar quando estiver montando sua equipe (desde que você siga o meu conselho e não contrate O Trovão) envolve trazer, por acidente, um super-herói espião para dentro de seu círculo do mal.

Quando um desses benfeitores consegue se infiltrar em sua organização, é quase impossível expulsá-lo sem que antes ele cause sérios danos. Como você deve lembrar, essa foi a razão pela qual eu me demiti dos Cidadãos do Apocalipse (por causa das circunstâncias, como você também deve se lembrar, que ficaram completamente fora do meu controle). Ela também me levou a criar um procedimento próprio para determinar se um supervilão é na verdade um super-herói disfarçado:

Procedimento Indescritível de Detecção de Super-Heróis Disfarçados de VORDAK, O INCOMPREENSÍVEL

Passo 1. Faça um teste visual. Ele tem uma postura perfeita e um queixo que parece ter sido esculpido em granito? Se sim, ele pode ser um super-herói. Prossiga para o passo 2.

Passo 2. Dê um cartão para ele que contenha a frase: "Em nome da verdade e da justiça!" e faça-o ler essa frase em voz alta. O peito dele infla, a voz dele fica mais profunda e o indicador direto dele aponta para o céu involuntariamente? Se sim, ele pode ser um super-herói. Prossiga para o passo 3.

Passo 3. Peça para ele aconselhar um grupo de estudantes do ensino fundamental a ignorar os pais e não fazer o dever de casa. Ele cai no chão e começa a ter convulsões violentas? Se sim, ele pode ser um super-herói. Prossiga para o passo 4.

Passo 4. Faça-o afastar um pouco as pernas, colocar os punhos na cintura e o queixo para cima. Por acaso uma brisa surge do nada e vai direto em direção a ele? Caso sim, definitivamente ele é um super-herói. Amarre-o muito bem e coloque-o numa de suas a armadilhas mortais diabolicamente astutas, porém extremamente vagarosas.

Eu lhe dou permissão para usar meu procedimento perfeito quantas vezes quiser, desde que você diga em voz alta: "Procedimento Indescritível de Detecção de Super-Heróis Disfarçados de Vordak, o Incompreensível" pelo menos três vezes sempre que você usá-lo. Isso não deve ser difícil, mesmo para alguém com meio neurôni... Pensando bem, aqui vai um exemplo:

Este cara é definitivamente um super-herói.

"Ok, [*insira o nome do supervilão aqui*], eu só preciso checar o Procedimento Indescritível de Detecção de Super-Heróis Disfarçados de Vordak, o Incompreensível, para determinar se você, na verdade, é um super-herói. Vamos ver... Onde eu pus a minha cópia do Procedimento Indescritível de Detecção de Super-Heróis Disfarçados de Vordak, o Incompreensível? Ah, sim! Está bem aqui na pasta marcada 'Procedimento Indescritível de Detecção de Super-Heróis Disfarçados de Vordak, o Incompreensível'."

TRABALHANDO POR UM FUTURO MELHOR

Se você seguir os meus conselhos, não vai ter nenhum problema para montar uma organização capaz de causar a destruição da humanidade, desde que todos trabalhem juntos para atingir esse objetivo. Divergências na organização vão fazer até os planos mais bem elaborados acabarem na privada da autodestruição. Então, como manter os subordinados na linha? Deixando-os opinar sobre o que está acontecendo.

Na minha época de Gênio do Mal, sempre que nós nos reuníamos na Mesa de Conferência da Iniquidade eu fazia questão de promover uma atmosfera em que todos se sentiam livres para expressar a sua opinião. Se alguém discordava de mim por alguma razão, o indivíduo tinha a liberdade para expressar sua opinião e eu tinha a liberdade para ativar a alavanca embaixo da mesa que baixava a cadeira dele ou dela para dentro de um tanque de titânio derretido. Esse método tem sido muito efetivo para fazer todos estarem de acordo, o que é importante, pois eu *nem sempre* posso fazer *tudo* sozinho.

"Obrigado. Então... isso quer dizer que somos amigos?"

Esqueça o que eu disse.

CAPÍTULO SEIS
Instrumentos do MAL

Se você me abordasse no meio da rua e perguntasse do que eu mais sinto saudade da minha época de supervilão, minha resposta seria simples: eu grampearia um x-burger no seu traseiro e jogaria você numa jaula cheia de texugos famintos. Odeio ser abordado no meio da rua.

Porém, eu gostei da pergunta, então serei bem generoso, e vou respondê-la. Todas aquelas coisas maravilhosas, todos aqueles dispositivos, mecanismos, armas e veículos maléficos são a parte de que eu mais sinto falta. Bom, isso sem falar da adoração. Eu sinto muita, muita falta da adoração. Não importava se era só um subordinado ou toda a população de Sergipe, aquela adoração me fazia sentir muito bem. Ah, bons tempos aqueles...

"Humm, com licença, Vossa Incompreensibilidade?"

...reféns pedindo misericórdia...

"Eu achava que você falaria sobre todas as coisas legais que os supervilões usam."

...subordinados lambendo minhas botas tentado aplacar a minha raiva...

"Ei, veja! É o COMANDANTE VIRTUDE!"

Hã? O quê? Onde? Eu, humm... já volto. Preciso fazer uma revisão do meu compartimento de fuga!

"Não, espere! Volte! Eu estava brincando. Eu só queria que você parasse de sonhar acordado."

Ah, sim.

DÉCIMO TERCEIRO MANDAMENTO DA INCOMPREENSIBILIDADE

Nunca, em nenhuma circunstância, você deve interromper Vordak, o Incompreensível, quando ele está sonhando acordado. Ele pode estar planejando um plano diabolicamente sinistro para dominar o mundo... talvez a Galáxia.

(Veja o Décimo Quarto Mandamento.)

DÉCIMO QUARTO MANDAMENTO DA INCOMPREENSIBILIDADE

A não ser que Vordak esteja prestes a ser atacado por um enxame de formigas mutantes; neste caso, você deve interrompê-lo imediatamente, usando até uma frigideira, se necessário.

Agora que meus batimentos cardíacos voltaram ao normal, vou continuar. NUNCA FAÇA ISSO NOVAMENTE! E não leia mais uma sílaba deste capítulo até você sentar e escrever um pedido de perdão de duas mil palavras no qual a frase "Eu sou um estrume de enguia nojento" apareça pelo menos dezessete vezes.

Onde eu estava? Ah, sim, estava prestes a discutir todos os equipamentos maravilhosos que qualquer supervilão sério deve ter a seu dispor. Vamos começar com:

ARMADILHAS MORTAIS DIABOLICAMENTE ASTUTAS, PORÉM EXTREMAMENTE VAGAROSAS

Você ficaria surpreso se eu lhe dissesse que supervilões fazem armadilhas mortais diabolicamente astutas, porém extremamente vagarosas, para os seus inimigos há milhares de anos?

"Não."

Mentiroso! Claro que você ficaria surpreso. Pelo que percebi, qualquer informação básica o surpreende. Você não é uma mente das mais brilhantes, se é que você me entende.

"Eu não entendi."

Claro que não. Afinal, você não tem um dos intelectos mais aguçados, se é que você me entende.

"Eu não entendi."

Claro que não. Afinal, você não é exatamente a... a coisinha... mais afiada... ACK! A sua estupidez está fazendo meu cérebro entrar em parafuso! Mas pelo menos as suas frases estão mais curtas. Se você estiver surpreso ou *não*, armadilhas mortais existem há milhares de anos. Veja esta pintura primitiva, descoberta recentemente no norte da Espanha.

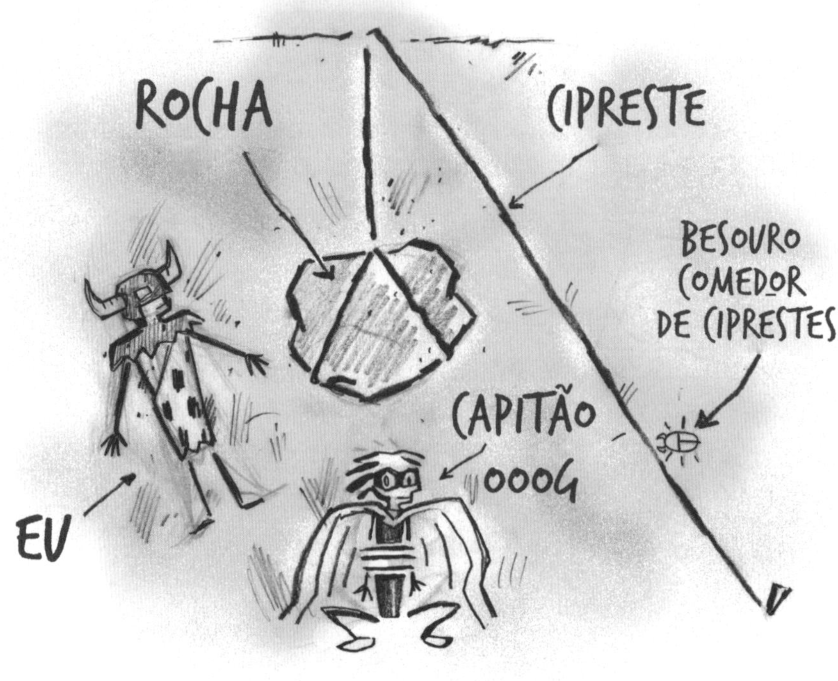

Sim, eu fiquei tão chocado quanto você quando descobri que o malfeitor primitivo (*Supervillainus neanderthalus*) sabia escrever. Pelo jeito nós, os supervilões, sempre fomos muito mais inteligentes que um ser humano "comum"; até você resolver virar um. Então, o que essas armadilhas irresistivelmente traiçoeiras têm de especial para serem tão populares entre os supervilões por tantos anos? Para responder a essa pergunta, precisamos examinar com cuidado a:

Lista Indispensável dos Prós e Contras das Armadilhas Mortais Diabolicamente Astutas, Porém Extremamente Vagarosas de VORDAK, O INCOMPREENSÍVEL

Prós

- Dá bastante tempo para que o super-herói lamente o dia em que seus caminhos se cruzaram.
- Cria uma ampla oportunidade para o super-herói implorar por sua misericórdia (porém, para falar a verdade, o único super-herói que me implorou por misericórdia foi o Implorador Incessante, e ele praticamente fazia isso o tempo todo – era o jeito dele).
- Permite que você revele os detalhes do seu plano sinistro, de acordo com o Regulamento 7.1b (veja página 97).
- Você tem tempo suficiente para ir ao banheiro, se necessário.

Contra

- Nunca, jamais na história, um super-herói não conseguiu escapar antes de sofrer algum dano.

"Com licença de novo, Vossa Enormidade. Talvez eu esteja me precipitando, mas parece que os prós são muito mais fortes do que os contras. Por que você simplesmente não elimina o super-herói rapidamente e pronto? Eu faria isso."

Bom, é por isso que, nessa relação, você é a lesma insignificante e eu sou o supergênio maléfico incompreensível. Claro, seria simples chegar por trás do seu arqui-inimigo e zapeá-lo com um raio que o transformaria num bloco de granito. Claro, você poderia jogá-lo no oceano e ele afundaria como uma pedra (ou como um bloco de granito), e ele desapareceria para sempre. Claro, isso tornaria sua conquista do planeta muito mais fácil. Mas quer saber de uma coisa? O seu arqui-inimigo morreria sem saber quem foi o responsável pelo seu fim. Isso seria divertido? Não, um supervilão de verdade sempre vai preferir usar a armadilha mortal diabolicamente astuta, porém extremamente vagarosa, mesmo se as chances de sucesso não forem lá das melhores. Ora bolas, o Comandante Virtude escapou das minhas armadilhas mortais diabolicamente astutas, porém extremamente vagarosas trinta e sete vezes,* mas isso não vai me impedir de tentar prendê-lo em mais uma.

* TRINTA E OITO, SE VOCÊ CONTAR A VEZ QUE ELE ESCAPOU DA MINHA SALA DE PAREDES-ESMAGADORAS-DA-DESTRUIÇÃO, E DEPOIS ME DEIXOU RECAPTURÁ-LO SÓ PARA ELE ESCAPAR DE NOVO E ME FAZER DE PALHAÇO.

Mas quero deixar algo bem claro: quando eu digo que a armadilha mortal é "vagarosa", não quero dizer que ela é vagarosa demais. Você quer que seu arqui-inimigo seja completamente tomado por uma sensação de terror, não de tédio. Se ele ficar entediado com o processo, provavelmente vai implorar para você acabar com ele de uma vez, e se isso acontecer, você vai ter de soltá-lo. Se alguém implora para você fazer alguma coisa, você precisa fazer o oposto. É o código dos supervilões. Infelizmente, o Comandante Virtude descobriu isso e agora se aproveita do nosso código. ("Não, Vordak! Eu lhe imploro! Não aponte a sua pistola laser para o chão e não use esse cano de ferro para bater na sua própria cabeça e desmaiar! Nãããããão!")

Esta armadilha mortal é vagarosa *demais*.

Existem três tipos principais de armadilhas mortais que são populares há anos e que eu mesmo já utilizei várias vezes. Todas têm a capacidade de quase exterminar seu arqui-inimigo. Você pode construir uma ou algumas dessas armadilhas em seu covil, ou, se você acha que consegue construir uma armadilha melhor (*Só um segundo. Eu estou rindo tanto que estou soltando uns respingos maléficos em cima do meu teclado!*), vá em frente (*risos*).

DÉCIMO QUINTO MANDAMENTO DA INCOMPREENSIBILIDADE
Nunca inclua um cronômetro de contagem regressiva quando estiver criando suas armadilhas mortais diabolicamente astutas, porém extremamente vagarosas. Porque, além de serem extremamente vagarosas, elas podem ser nem tão diabolicamente astutas assim.

Armadilha 1. Ser lentamente içado para sua destruição

Essa armadilha em particular requer que você amarre o super-herói com uma corda ou cabo e baixe-o lentamente para dentro de algo horripilantemente fatal. Você também pode baixá-lo de cabeça para baixo, mas aí você terá menos tempo para aproveitar os seus gritos agonizantes. Essa é a escolha mais popular quando o fiel escudeiro é capturado com o mentor.

Método popular de fuga: O herói ou heróis se balançam ritmicamente para frente e para trás e aí usam uma faca do seu cinto de utilidades para cortar as cordas e pular para longe do perigo.

Configurações mais comuns dessa armadilha (em ordem crescente de crueldade):

Lava borbulhante

Piranhas sanguinárias

Ácido sulfúrico

A festa de aniversário de seis anos da Mariazinha

Armadilha 2. Usar uma esteira para levá-lo lentamente rumo à sua destruição

Essa é uma armadilha ótima para o supervilão cujo covil tenha um teto bem baixo. Simplesmente amarre a vítima na esteira, ajuste a velocidade e assista com prazer ao super-herói, devagar, ser levado para seu fim apavorante. Esse aparato assassino de adversários pode ser um pouco barulhento, então você vai precisar falar alto quando estiver provocando seu inimigo rendido.

Método popular de fuga: Um aliado, namorada ou algum outro companheiro conivente aparece na última hora e aperta o botão convenientemente marcado como “desligar”.

Configurações mais comuns dessa armadilha (em ordem crescente de maldade):

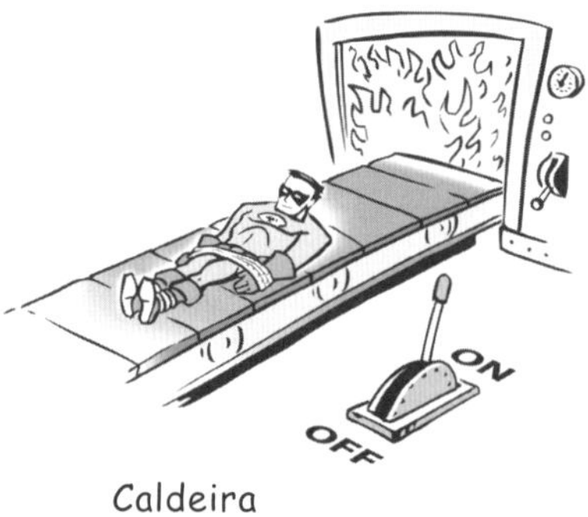

Caldeira

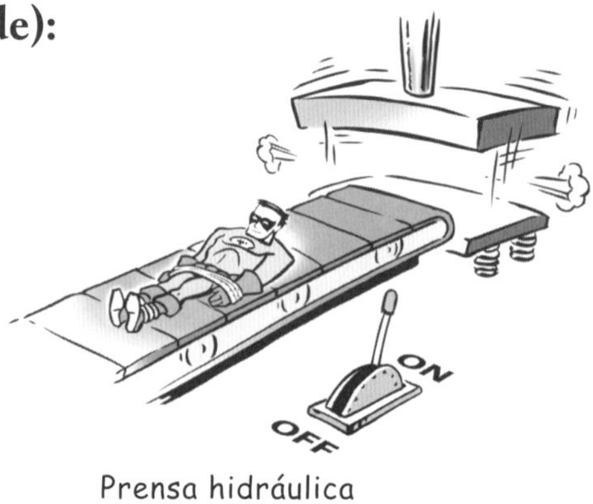

Prensa hidráulica

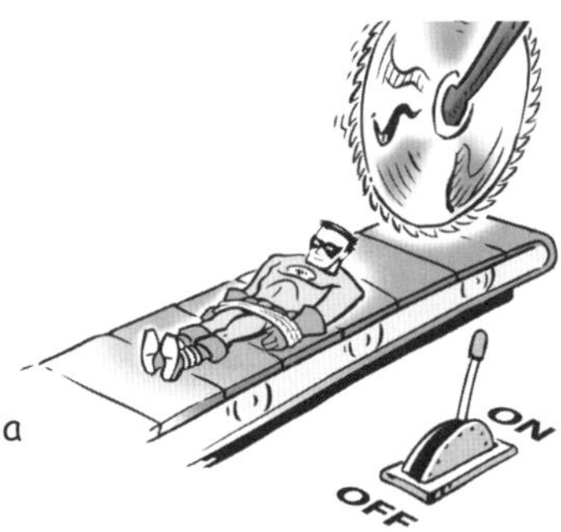

Serra elétrica

Brinquedo de parque de diversões derretedor de cérebro

Armadilha 3. Receptáculo que será lentamente preenchido com uma substância que vai causar a sua destruição

Nessa belezinha abominável, o super-herói derrotado é preso ao chão de um tanque de acrílico com a estrutura reforçada e praticamente indestrutível, que será então cheia com uma substância mortífera de sua preferência.

Método popular de fuga: Na hora H, a estrutura "quase indestrutível" é estilhaçada por um inesperado terremoto.

Configurações mais comuns dessa armadilha (em ordem crescente de repugnância):

Água

Cimento

Cobras

VEÍCULOS DE VILÃO

Em suas maquinações para conquistar o planeta, de vez em quando você vai precisar sair do conforto do seu covil. Você terá exércitos para liderar, nações para conquistar e DVDs para devolver para a locadora. E, quando você sair, vai querer adotar um estilo que passe a seguinte mensagem: "Eu sou PODEROSO e MALÉFICO e MELHOR DO QUE VOCÊ!". Você trabalhou duro para criar uma imagem sinistra, e não vai querer estragá-la dirigindo uma minivan.

Os meus veículos sempre tiveram certo estilo. Eu dei uma olhada no meu álbum de fotos e achei alguns exemplos:

Esse sou eu, com dezoito meses de vida, brincando com o gato de estimação da família confortavelmente encaixado no meu maneiríssimo andador. Não sou uma gracinha? Eu deveria estar na creche naquele momento, mas fui mandado para casa porque eu "não sabia brincar com os outros". Mamãe e papai ficaram orgulhosos.

Eu ganhei essa maravilha no meu aniversário de dez anos. Meu pai o equipou com um motor Pratt & Whitney JT12 Turbojet miniatura. Eu podia fazer toda a minha rota de entrega de jornais em 13,7 segundos. Mas provavelmente demoraria um pouco mais se eu realmente parasse e entregasse os jornais. Eu chamei esse transporte aterrorizador de Roscomóvel, em homenagem ao meu hamster de estimação, Roscoe. Olha ele ali no meu guidão.

Meu emprego no Ditador dos Hambúrgueres me rendeu dinheiro suficiente para comprar e personalizar uma motocicleta horrivelmente horripilante e irada quando eu tinha dezenove anos. Esse sou eu a caminho do trabalho para discutir a avaliação da minha performance com meu supervisor.

Você provavelmente vai precisar de outros veículos mais especializados. Afinal, aquele túnel que sai do seu covil e vai até a Casa da Moeda não vai se construir sozinho. Dependendo dos tipos de planos maléficos que deseja elaborar, você vai precisar de veículos aéreos e aquáticos, de veículos que atravessem montanhas e desertos ou de veículos capazes de chegar até o fundo do oceano e embaixo da superfície da Terra.

Você vai precisar de uma garagem bem grande.

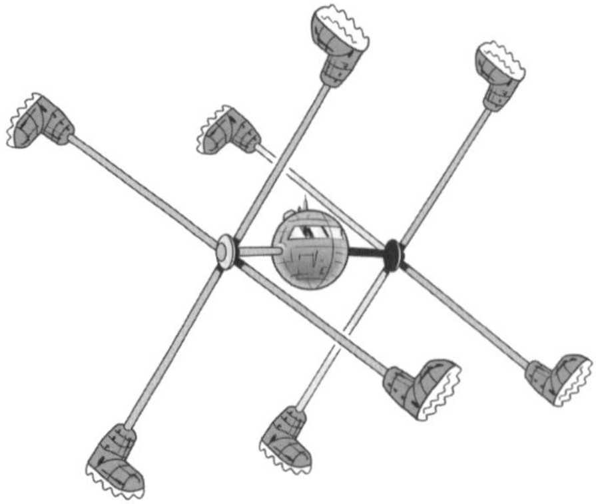

Por último, temos veículos enormes e armados. Essas modalidades tirânicas de transporte não só levam você para onde queira ir, mas também lhe deixam destruir algumas coisas pelo caminho. Quando você estiver pronto para se apresentar ao mundo, esse será um jeito excelente de aparecer por aí. Para impressionar as redes de TV e ter a maior cobertura possível, concentre seus esforços num alvo altamente volátil que vá causar explosões dramáticas, como uma refinaria de petróleo, um armazém de pólvora ou o banheiro do apartamento do Zé Bucho Cheio.

Zé Bucho Cheio

FINALMENTE! DEPOIS DE MESES DE ESPERA, O DIA QUE EU ESTAVA AGUARDANDO FINALMENTE CHEGOU! POSSO SENTI-LO!
THOOMP!
E AGORA NADA VAI CONSEGUIR ME DETER!
KAPOWWW!
FFSHHTTTT!
KABLAAAAM!
BABOOM!
THOOMP!
WRREEECCHH!!
CRUNCH!
VVZZZAAKKKK!!
THOOMP!
THOOMP!
SIM! MEU INGRESSO PARA UM LUGAR NA PRIMEIRA FILA DO DISNEY ON ICE!
THOOMP!
THOOMP!

ARMAS

Nenhum capítulo sobre delícias maléficas ficaria completo sem uma seção sobre armas. Eu não estou falando de pistolas laser, dinamite ou essas coisas mais simples. Vamos discutir isso depois. Estou falando de coisa de gente grande, as gloriosas superarmas de ponta que vão fazer os habitantes deste planeta se ajoelharem diante de você. Eu estou falando de máquinas do caos como:

- *Raios-trator*
- *Interruptores de clima*
- *Desestabilizadores moleculares*
- *Evaporadores de água*
- *Geradores de vórtices*
- *Destruidores de oxigênio*
- *Superaquecedores do centro da Terra*
- *Raios desintegradores*
- *Raios de controle da mente*
- *Raios de calor*
- *Raios congelantes*
- *Raios diminuidores*
- *Raios aumentadores*
- *Raios da morte*
- *Raios laser*

Essas são as ferramentas que vão fazer os seus planos maléficos rodar macio; são as ferramentas com as quais você vai fazer o planeta tremer. E você certamente pode ter armas que não estão na lista da página anterior. Seu superintelectual, aquele verme nerd que você arrumou, vai adorar ajudá-lo a criar a superarma especializada que você quiser. Ele vive para isso... Fora o medo que ele tem de ser jogado num tanque de lixo radioativo se acordar depois das seis horas da manhã.

Com certeza você está tão empolgado com as possibilidades armamentistas que deve estar a ponto de molhar as calças. Você pode até se sentir tentado a começar a trabalhar em quatro ou cinco superarmas diferentes imediatamente, mas sugiro que você não faça isso. Escolha uma arma por vez. E faça isso direito! Assim você vai ficar conhecido como "o cara do raio de calor" ou "o cara do gerador de vórtices", ou seja lá o que for, o que só vai tornar a sua imagem ainda mais maléfica.

Advertência: Já que a Terra, assim como vários planetas, é redonda, talvez seja necessário que seus raios sejam ricocheteados por um satélite até que atinja o seu alvo. Isso requer uma mira precisa e pode ser bem complicado, principalmente para um desastrado como você. Como eu sou tão generoso quanto incompreensível, criei esse manual para ajudá-lo. Faça uma cópia, plastifique e guarde-a sempre em seu cinto de utilidades.

MANUAL PRÁTICO

COMO MIRAR SUA SUPERARMA

QUANDO ESTIVER USANDO UM SATÉLITE PARA DIRECIONÁ-LA

POR

VORDAK, O INCOMPREENSÍVEL

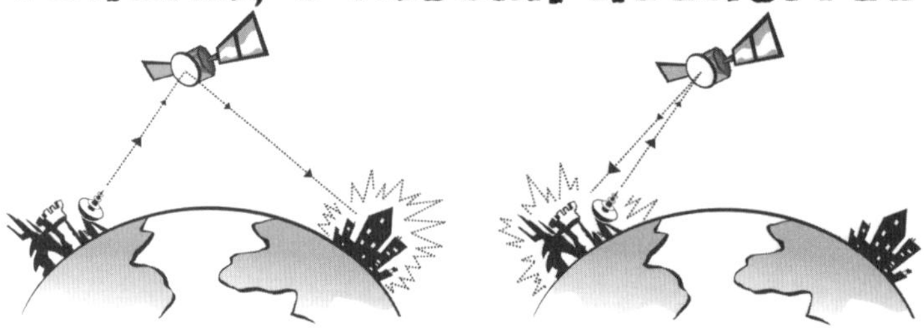

CORRETO INCORRETO

PONTA DE ESTOQUE DO MAL

Claro, nem todas as suas atividades do mal vão requerer os equipamentos pesados mencionados aqui. Você e seu superintelectual vão estar ocupados planejando e construindo as várias armadilhas mortais, veículos e superarmas. Então, para as necessidades maléficas do dia a dia, sugiro um revendedor como o Syd Sinistro.

SYD SINISTRO
ACESSÓRIOS MALÉFICOS

PARA FAZER UM PEDIDO LIGUE PARA: (666) 555-**MAL**

Aumentado 1000x

Antes

Depois

Nano-robôs carnívoros

Esses comedores microscópicos vêm pré-programados e são perfeitos para eliminar corpos, obter informações secretas de prisioneiros e punir criados incompetentes.
Cada pedido vem com um par gratuito de luvas de titânio.

Frasco de 10 ml (aproximadamente de 1.500 a 1.700 nano-robôs)
R$ 13.399,99.

Pistola laser descartável econômica

Você está cansado de gastar milhões de reais em armas de ponta toda vez que um de seus exércitos de clones é destruído pelas forças do bem? A pistola laser descartável econômica DIP-940 oferece toda a capacidade de destruição de outras armas de marca por um custo bem menor.

Quantidade	Preço
Até 49 peças	**R$ 259,99 cada**
De 50 até 4.999 peças	**R$ 219,99 cada**
De 5.000 pra mais	**R$ 179,99 cada**

Pacote de explosivos variados

Para que usar uma ogiva nuclear numa situação que só requer algumas bananas de dinamite? Estes pequenos explosivos são perfeitos para destruir paredes de bancos, sabotar canos de esgoto, destruir equipamento eletrônico, soterrar túneis e muito mais. Todas as bombas têm fusíveis que estão sempre ligados e são à prova de cortes, e por isso não podem ser desligados ou estragados com água ou supersopros de super-heróis.

R$ 109,99 cada

SYD SINISTRO
ACESSÓRIOS MALÉFICOS

PARA FAZER UM PEDIDO LIGUE PARA: (666) 555-**MAL**

Cápsulas de fumaça aromatizadas

Transforme suas saídas e entradas num show alucinante para os olhos e nariz com estas incríveis cápsulas.

Caixa com 50 cápsulas: R$ 79,99
(escolha o aroma)

Fogo e enxofre FB50
Fumaça e cinzas SA50
Biscoito de chocolate CCC50

Afiador de espetos da parede massacrante da destruição

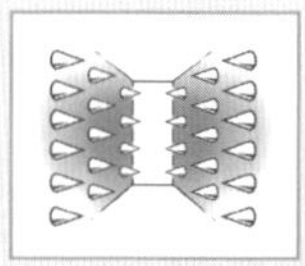

Os espetos da sua parede massacrante da destruição estão quebrados, gastos ou cegos de tanto uso? Agora você pode dar vida nova à sua parede com este afiador de espetos industrial. Lâminas supermaciças de Adamantium afiam até os espetos mais gastos e os tornam capazes de perfurar o couro de qualquer herói, exceto o do Capitão Virtude.

Duende afiador vendido separadamente.

Afiador	**R$ 3.799,00**
Lâminas sobressalentes	**R$ 479,99**
Duende afiador	**R$ 12,99/dia**
	+ toda a carne humana que ele quiser comer

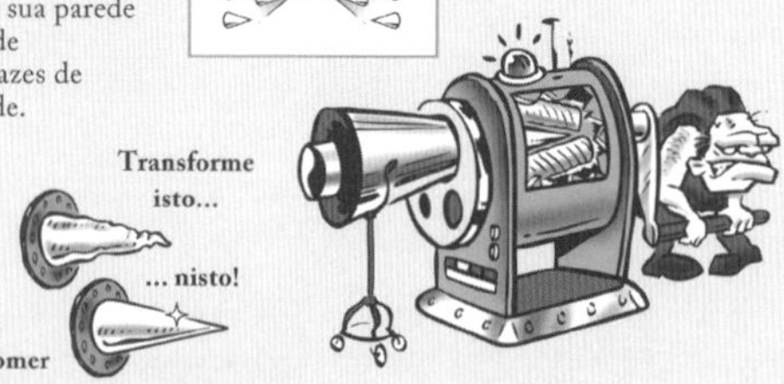

Olho sobressalente para robôs ciclope

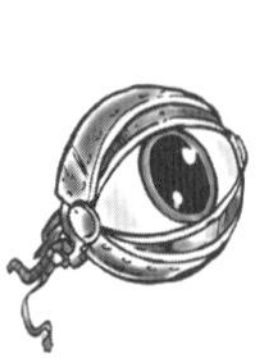

Caso você esteja trocando um globo ocular defeituoso ou comprando uma peça para deixar o seu robô mais poderoso, o olho sobressalente para robôs ciclope da Corporação Raio Mortal é uma ótima escolha e está com um preço excelente. Fácil de instalar e durável, esse olho vai dar vida nova para o seu robô e, em breve, ele vai destruir coisas como nunca.
(Por favor, indique que tipo de raio você deseja no momento do pedido.)

Laser básico	**R$ 19.999,99**
Raio de calor	**R$ 22.599,00**
Raio desintegrador	**R$ 22.999,99**
Raio tri-combo	**R$ 43.299,00**

CAPÍTULO SETE
O plano MALÉFICO

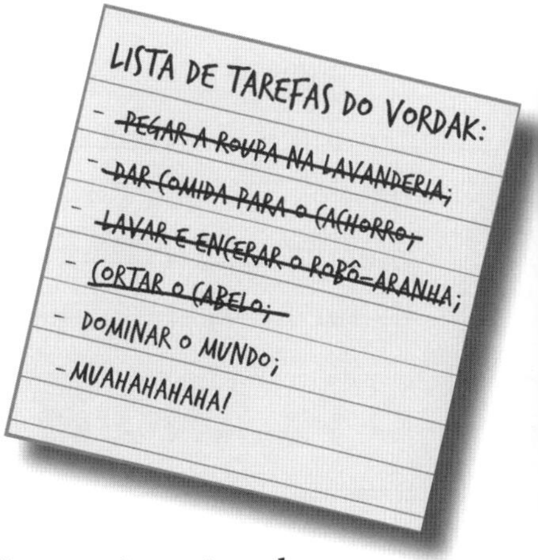

Nos capítulos anteriores eu ~~perdi~~ gastei muito do meu tempo precioso fornecendo a você as ferramentas necessárias para conquistar nosso mísero planeta. Espero que você tenha prestado atenção.

"Desculpe, o que você estava falando?"

Eu disse: "EU ESPERO QUE VOCÊ TENHA PRESTADO ATENÇÃO!"

"Ah, sim! Claro!"

Excelente! Então, com todo esse poder a seu dispor, você provavelmente está pensando que só precisa relaxar no conforto do seu covil e esperar o mundo se render. Bem, quer saber de uma coisa? Eu já tentei isso. As únicas pessoas que se renderam foram dezesseis estudantes do 6º ano da Escola Municipal Castro Alves e só porque eles não queriam fazer o teste de Álgebra do Sr. Bundone na terceira aula. Então, qual é a lição que você deve aprender?

"Fazer a aula de Álgebra com outro professor menos casca-grossa?"

Certo. Assim você pode usar a calculadora e comer bombons... NÃO! O que eu quero dizer é que se você deseja controlar o mundo e não apenas dezesseis estudantes preguiçosos, você tem de se mexer e criar um plano. Um plano que seja maléfico. Um PLANO MALÉFICO.

O PLANO MALÉFICO

Existem planos maléficos e existem PLANOS MALÉFICOS. Digamos que você queira envergonhar seu irmão e você pretende fazer isso desenhando freadas na cueca dele com uma canetinha marrom. Quando você deve atacar? Como vai colocar a culpa no seu irmão? O que você vai usar para desinfetar sua mão depois? Essas são questões que devem ser antecipadas num plano maléfico. Outros exemplos de planos maléficos incluem planos para jogar papel higiênico na casa do diretor da escola (já fiz), trocar as placas dos banheiros (já fiz) e borrifar água na frente da bermuda do Zequinha para todo mundo pensar que ele teve um "acidente" (está sendo planejado neste momento). Sim, eles são planos, e sim, eles são maléficos, porém são limitados em termos de tamanho e escopo.

Agora, PLANOS MALÉFICOS de verdade, do tipo que são escritos com letra maiúscula, dividem-se em três tipos (listados em ordem crescente de malvadeza):

1. aqueles feitos para conquistar o mundo;
2. aqueles feitos para destruir o mundo;

3. aqueles feitos para fazer você comer couve-flor sem você perceber que está comendo couve-flor.

Obviamente, baseado no título do meu livro, prefiro o tipo 1.

"Espere um minuto. Então existem outros supervilões por aí criando PLANOS MALÉFICOS tipos 2 e 3, que são mais maléficos do que você?"

RÁ! Improvável! Não confunda *plano* com *pessoa*. Sim, destruir o mundo seria mais maléfico. Mas o problema é: sem mundo = sem pessoas. Sem pessoas = sem pessoas ajoelhando aos meus pés. Sem pessoas ajoelhando aos meus pés = sem-graça para Vordak, o Incompreensível. Além do mais, se você destruísse o mundo, o que você faria depois? Onde você moraria? O que você faria? Quem você atormentaria? Conquistar e dominar são realmente as únicas coisas que você deveria fazer, mas se você tem certeza de que quer *destruir* o planeta, recomendo este excelente livro:

O Doutor Destructo é muito respeitado pelos Gênios do Mal graças às suas outras publicações, *Como destruir Júpiter e outros gigantes de gás* e *Como implodir o planeta*: um guia para idiotas, *best-sellers* na comunidade de supervilões.

ADVERTÊNCIA! Tenha muitas toalhas de papel antes de ler o próximo parágrafo.

Ok, agora é hora de você se preparar para as más notícias. Eu não posso ajudá-lo com os detalhes do seu PLANO MALÉFICO. Eu sei, eu sei. Isso deve deixar você extremamente desapontado, mas, se você começar a chorar como um bebê, vou entender. Afinal, é a *minha* ajuda, de Vordak, o Incompreensível, que você não vai receber. Mas um PLANO MALÉFICO realmente sinistro, perversamente diabólico, só pode ser executado pelo indivíduo cuja imaginação deturpada o criou. E não existe um PLANO MALÉFICO igual a outro porque nenhum SUPERVILÃO MALÉFICO é igual a qualquer outro. Considere, por exemplo, nós dois: eu e você. Eu tenho uma mente brilhante, uma sagacidade incrível, além de uma admirável beleza física; já você parece um sapo em todos esses quesitos. Apesar disso, eu passei os últimos sete capítulos deste livro dando a você as ferramentas e o conhecimento necessário para elaborar o seu próprio PLANO MALÉFICO. Então, bom trabalho!

"Eu não consigo pensar em nada."

Uau... Que surpresa! Vamos ver se nós conseguimos fazer o seu "cérebro" engrenar e preparar você para começar seu planejamento com um pequeno exercício mental.

Ajude Vordak, o Incompreensível, a retirar a esfera de energia de berílio do cofre localizado nas entranhas de um prédio governamental altamente secreto e protegido. Você tem dois segundos para completar essa tarefa. COMECE!

(Resposta na próxima página.)

Solução:

Simples! Quero dizer, simples para mim. Como você pode ver, a expressão "jogo limpo" não faz parte do meu vocabulário. Bem, ela consta no meu vocabulário, mas só para dizer que ela não faz parte dele.

Tudo bem, agora que o seu cérebro está aquecido e pronto para começar, você não deve ter nenhum problema para criar um PLANO MALÉFICO realmente inspirado e verdadeiramente brilhante. Eu acredito em você! (*Opa! Espere um segundo. Estou rindo tanto que eu acabei babando em cima do teclado.*)

O que pode dar errado?

Se o seu PLANO MALÉFICO não der certo, vai ser por causa de uma das seguintes razões:

RAZÃO 1: Alguma coisa inesperada acontece. Essa é bem óbvia. Sejamos sinceros, se você criar algum plano que seja neutralizado por algo que você espera que aconteça, você deve pôr um repolho na cabeça e jogar o cérebro fora.
RAZÃO 2: Você tem um repolho na cabeça no lugar de um cérebro.

Infelizmente, não há muito a fazer para lidar com essas duas situações.

"E os super-heróis?"

Eles estão incluídos na razão 1. Sim, é verdade que você sempre espera que o seu arqui-inimigo apareça e frustre o seu PLANO MALÉFICO, mas como e quando ele fará isso é completamente *imprevisível*. Eu já perdi a conta das vezes que meus PLANOS MALÉFICOS estavam prestes a dar certo, mas, de repente, aparece o idiota do Comandante Virtude vestido com um *collant* e atrapalha os planos. Uma vez ele destruiu o meu desintegrador atmosférico jogando um chiclete no meio das engrenagens.

Aqui estão alguns PLANOS MALÉFICOS que encontrei nos meus arquivos que não deram certo. Eu estou deixando você vê-los para que repare que não foi minha culpa eles terem fracassado. E, quem sabe, talvez você até aprenda alguma coisa. (*Lá vou eu de novo. Estou morrendo de rir.*)

PLANO Diabolicamente MALÉFICO 47a:

Resumo: Mandar todo o meu exército de robôs, clones e zumbis numa missão para destruir a Disneylândia. Quando os líderes globais descobrirem a facilidade com que sou capaz de acabar com uma das maiores diversões da humanidade, eles vão me entregar, na hora, as rédeas do mundo.

Materiais: De vinte mil a trinta mil subordinados (de várias especialidades); de R$ 2 a R$ 3 milhões (para pagar as entradas do parque); 1.200 litros de filtro solar.

Resultado: Não muito bom.

Razão: Eu subestimei o quanto meu exército gostaria da Space Mountain.

PLANO Diabolicamente MALÉFICO 117b:

Resumo: Levando em conta o fracasso do PLANO MALÉFICO 117a (usar um raio diminuidor para fazer toda a população mundial ficar com 10 centímetros de altura), o PLANO MALÉFICO 117b busca alcançar o mesmo efeito, mas com menos trabalho, revertendo o raio e me transformando num colosso de 30 metros. Eu então causarei destruição no país inteiro, aterrorizando a população e deixando escombros por quaisquer lugares em que eu passe. Os líderes globais vão se render na hora, e eu vou controlar o mundo.

Materiais: Raio aumentador ou raio diminuidor alterado; sapatos confortáveis.

Resultado: Não muito bom.

Razão: Eu não sabia que o raio não tinha efeito sobre o metal. Acabei com uma dor de cabeça horrível e demorou um mês para conseguir tirar o meu capacete.

PLANO Diabolicamente MALÉFICO 12a:

Resumo: Definitivamente, um dos meus PLANOS MALÉFICOS mais ambiciosos. Usando meu engenhoso mecanismo de sucção Vorcuum, sugarei toda a água dos oceanos. Quando os líderes globais descobrirem que eles não têm mais nenhum lugar para colocar seus navios, eles vão se render na hora e eu vou controlar o mundo.

Materiais: Mecanismo de sucção Vorcuum; bateria extra; *containers* para armazenar a água; mapa com a localização dos oceanos.

Resultado: Não muito bom.

Razão: Aquele defensor da justiça volumoso, o Peixe-Boi Mascarado, sem querer nadou perto demais do tubo de sucção.

O ULTIMATO

Quando seu plano estiver pronto e tudo estiver no lugar, você vai ter de anunciar ao mundo as suas intenções maléficas. Você pode fazer isso lançando um *ultimato*.

Um ultimato deve conter as seguintes informações básicas:

- Quem você é.
- Quem você está ameaçando.
- O que você está ameaçando fazer.
- Quais são os seus desejos.
- Quanto tempo aqueles que você está ameaçando têm para cumprir as suas exigências.

"Isso não parece ser tão difícil, mas sinto que tem quatro ou cinco erros que você deve evitar ao lançar ultimatos."

AH-HA! Seis erros!

Seis Erros que Você Deve Evitar ao Lançar Ultimatos por VORDAK, O INCOMPREENSÍVEL

Erro 1. Usar palavras que você não entende

Com certeza você ficou impressionado com meu vasto vocabulário e agora se sente tentado a impressionar seus colegas terráqueos inserindo palavras difíceis em seus ultimatos. Apesar de isso ser fácil para um supergênio como eu, provavelmente é um problema para você, já que mostrou ter a capacidade cerebral de um bolo de banana. Para evitar que você faça papel de ridículo, incluí aqui um pequeno exercício para testar seu vocabulário maléfico:

Você quer intimidar o presidente do Uzbequistão. Qual dessas ameaças a seguir você escolheria?

1.
(A) Vou aglutinar os seus decranones!
(B) Vou afiambriar a sua fatiota!

2.
(A) Vou reformar o seu alinhamento!
(B) Vou gormandizar seu *Phodpus sungorus*!

3.
(A) Vou surrupiar suas posses fungíveis!
(B) Vou oscular as suas falanges!

4.

(A) Vou esfoliar a sua epiderme!
(B) Vou genicular o seu jejunum!

5.

(A) Vou polir os seus balmorais!
(B) Vou conglobar a sua progenia!

Traduções (as mais sinistras estão em negrito)

1.

(A) Você está dizendo que vai colar os cotovelos dele juntos.
(B) Você está se voluntariando a fazer a bainha do jeans dele.

2.

(A) Você está dizendo que quer melhorar o *look* dele.
(B) Você está ameaçando engolir o hamster russo e albino dele.

3.

(A) Você está ameaçando roubar os pertences pessoais dele.
(B) Você está dizendo que vai beijar os dedos dos pés dele.

4.

(A) Você está dizendo que vai retirar as células mortas da pele dele, dando-lhe uma aparência mais jovem e saudável.

(B) Você está ameaçando dar vários nós no intestino delgado dele.

5.

(A) Você está dizendo que quer engraxar as botas dele.

(B) Você está ameaçando pegar todos os filhos dele e juntá-las numa bola gigante.

Se você não escolheu a ameaça mais sinistra em nenhum dos exemplos acima, é melhor escolher palavras que você entenda para seu ultimato, como *isso* e *é*, e, se você estiver se sentindo confiante, *o*.

Erro 2. Erros de ortografia

Esse tem o potencial de ser um grande problema em ameaças enviadas por escrito ou eletronicamente. Você passa semanas escrevendo seu ultimato, refazendo e aperfeiçoando até ele ficar diabolicamente perfeito, porém isso não vai adiantar nada se ninguém entender o que você está falando. Ao errar uma só palavra – por exemplo, *raio* –, você pode destruir o impacto de um ultimato espetacular.

"...e se vocês não se renderem nas próximas doze horas, eu serei obrigado a acionar o *maior paio do mundo*!"

Erro 3. Erros de tradução

Lançar ultimatos para líderes de países estrangeiros pode ser problemático. Alguns anos atrás, decidi ameaçar o chanceler da Alemanha com uma praga de sapos fedorentos se ele não me enviasse 20 toneladas de barras de ouro em 48 horas. Na época, um dos meus subordinados era o Komandante Kaboom, um sinistro alemão especialista em explosivos. Ele traduziu o ultimato e eu mandei a seguinte mensagem para o chanceler:

Ich habe Kroten in beiden Ohren. Schauen Sie Bitte in meinem Nasenlochern.

Que significa...

Eu tenho sapos nos ouvidos. Por favor, dê uma olhada dentro das minhas narinas.

Só depois de ter transmitido o ultimato, descobri que o cérebro do Komandante tinha sido reduzido a um pudim de tapioca por causa da constante exposição a explosões.

Erro 4. Enviar o seu ultimato à pessoa errada

Ameaçar enterrar o estado da Bahia sob uma camada de requeijão estragado a não ser que você receba R$ 100 bilhões pode até parecer ser um ultimato brilhantemente esperto. Mas não o será se você enviá-lo a um fazendeiro de tomate em Goiás. Claro, ele não quer que o seu compatriota sofra e pagará o valor exigido em... tomates. E o que você vai fazer com R$ 100 bilhões em tomates? Certifique-se de que os indivíduos de sua lista sejam pessoas de poder. O Chaves, por exemplo, aparece todo dia na televisão há mil anos, mas isso não significa que ele controla o mundo.

Erro 5. Não manter a vantagem

Você lançou seu ultimato de uma maneira realmente sinistra. Líderes mundiais estão amedrontados e prontos para cumprir todas as suas demandas. Tenha cuidado e não faça nada estúpido que permita que seus adversários virem a mesa e ganhem vantagem.

... ENTÃO, A NÃO SER QUE VOCÊS, PEQUENOS SACOS DE GOSMA PRIMORDIAL, PROMETAM LEALDADE ETERNA A VORDAK, O INCOMPREENSÍVEL, EU TRANSFORMAREI ESTE PLANETA NUM PEDAÇO DE CARVÃO!
VOCÊS TÊM 24 HORAS PARA CUMPRIR AS MINHAS EXIGÊNCIAS! MUAHAHAHAHA!!!!
POOM!!
TOC TOC
SOU EU DE NOVO. VOCÊS POR ACASO VIRAM UM BUJÃO DE VORDANIUM POR AQUI?

Erro 6. Agir como um amador

Se você está lançando seu ultimato pessoalmente, por vídeo ou pela TV, é importante que transmita seriedade se quiser mesmo ser levado a sério. Seu traje deve estar limpo e bem passado e, se você estiver usando uma armadura, ela deve estar polida e sem nenhum amassado. Se você estiver com um bigode ou barba sinistra, deve estar bem-aparado e sem qualquer migalha de batata frita. Sua postura, sentado ou de pé, deve ser ereta. Os seus dentes devem estar escovados e limpos e o seu cabelo, se estiver exposto, deve estar penteado. Memorize o ultimato e pratique repetidamente até saber ele de cor. Se você tiver uma voz fina, talvez seja uma boa ideia instalar um sintetizador de voz em seu capacete ou máscara. Evite falar "humm", "ah" e "tipo" e evite falar como um jogador de futebol.

Agora é a sua vez de tentar. Escreva um ultimato e mande-o para mim, imediatamente, para que eu possa revisá-lo.

Finalmente! Vamos dar uma olhada. Hummm... Nada mal – eu ficaria impressionado... se ele tivesse sido escrito por um bode da montanha. Se você não é um bode, essa é uma tentativa *extremamente* fraca. Vamos lá, aqui vão algumas "sugestões":

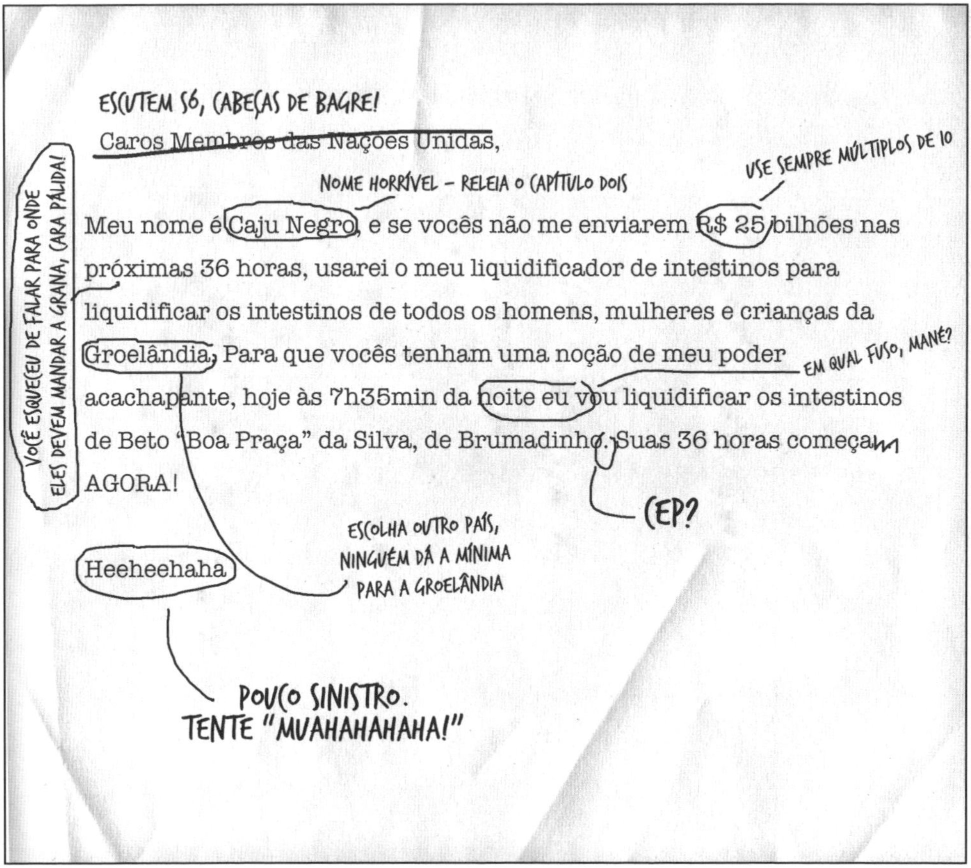

ESCUTEM SÓ, CABEÇAS DE BAGRE!

~~Caros Membros das Nações Unidas,~~

NOME HORRÍVEL – RELEIA O CAPÍTULO DOIS

USE SEMPRE MÚLTIPLOS DE 10

VOCÊ ESQUECEU DE FALAR PARA ONDE ELES DEVEM MANDAR A GRANA, CARA PÁLIDA!

Meu nome é Caju Negro, e se vocês não me enviarem R$ 25 bilhões nas próximas 36 horas, usarei o meu liquidificador de intestinos para liquidificar os intestinos de todos os homens, mulheres e crianças da Groelândia. Para que vocês tenham uma noção de meu poder acachapante, hoje às 7h35min da noite eu vou liquidificar os intestinos de Beto "Boa Praça" da Silva, de Brumadinho. Suas 36 horas começam AGORA!

EM QUAL FUSO, MANÉ?

CEP?

ESCOLHA OUTRO PAÍS, NINGUÉM DÁ A MÍNIMA PARA A GROELÂNDIA

Heeheehaha

POUCO SINISTRO. TENTE "MUAHAHAHAHA!"

Agora, sim! E mesmo sendo extremamente doloroso, tenho de admitir que o raio liquidificador de intestinos foi uma boa ideia. Talvez eu tenha me enganado a seu respeito. Talvez você *tenha* algum potencial.

"Ah-ha!"

"Você sabe que eu tenho!"

"Eu sou demais!"

"É nóis!"

"Ah-ha!"

"Você sabe que eu tenho!"

"Eu sou demais!"

"Uh-hu!"

Arck.

CAPÍTULO OITO
Parabéns, você dominou o mundo! E agora?

Cá entre nós, eu sempre soube que seria você, seja lá qual for o seu nome, que usaria os meus conselhos brilhantemente maléficos para dominar o mundo. Todos os outros pamonhas que compraram este livro nem tiveram chance, não é? Aquelas pequenas, patéticas e pobres minhocas... Todo aquele tempo que gastaram desenhando seus próprios trajes, contratando subordinados, construindo esconderijos e armas, lançando ultimatos... E para quê? Para absolutamente nada. Você chegou primeiro à reta final e agora eles, assim como todos os outros neste pequeno e miserável planeta Terra, devem se ajoelhar diante de sua magnificência diabólica. MUAHAHAHAHAHA!

"Humm... com licença, Vossa Repreensibilidade, mas eu ainda não conquistei o planeta pra valer."

Ainda não? Então, pelas barbas de Zolnar, por que você está lendo isso? Você não leu o aviso enorme em cima do título deste capítulo? É quase impossível não enxergá-lo, pois ele está em letras grandes e com uma borda em volta. Você está querendo me dizer que é incapaz de seguir as mais *simples* instruções.

AVISO AO EDITOR: COLOQUE ESTA NOTA NO COMEÇO DO CAPÍTULO OITO.
– VORDAK

ADVERTÊNCIA:

NÃO LEIA ESTE CAPÍTULO ATÉ VOCÊ SE TORNAR O DONO DO MUNDO!

Argh! É isso que acontece quando você contrata simplórios para ajudá-lo a publicar seu livro! Não tenha dúvidas, vou caçar o paspalho desastrado responsável por essa gafe absurda, e digamos que essa pessoa nunca mais terá a oportunidade de cometer outro erro: *jamais*! Enquanto isso, se você tiver conquistado o mundo, continue lendo. Se não, ignore o primeiro parágrafo, saia daí, siga meus conselhos, continue tentando, você consegue, blá, blá, blá. Volte para este capítulo depois de ter conquistado o mundo.

Ok, finalmente nos livramos daqueles miseráveis fracassados. Agora, onde estávamos? Ah, sim... Parabéns por se tornar o **Conquistador Maléfico do Mundo**! Minha orientação gloriosa foi o que tornou possível você conquistar tudo o que pôde até agora. Todo o planeta está sob seu comando. Você pode fazer o que quiser, quando você quiser e com quem você quiser. E o que é ainda mais incrível, você agora está qualificado para receber seu Certificado Oficial de Conclusão. Você só precisa mandar R$ 500 bilhões em barras de ouro para minha casa como prova de que conquistou o mundo, e seu certificado será enviado no dia seguinte pelo correio!

CONQUISTADOR MALÉFICO DO MUNDO

Certificado de conclusão

de Vordak, o Incompreensível

é ora concedido a

Malzor, o Impiedoso Desalmado

por ter completado com sucesso o treinamento e atingido o glorioso status de CONQUISTADOR MALÉFICO DO MUNDO! Ele sabe que seu sucesso se deve aos ensinamentos e conselhos de VORDAK, O INCOMPREENSÍVEL, que ele acredita ser o mais brilhantemente maléfico e também o mais bem-apessoado indivíduo que já caminhou na face deste ou de qualquer outro planeta.

Vordak, o Incompreensível

Gênio do Mal e arquiteto diabólico

E então, Chefão Planetário, Rei da Cocada Preta, Senhor Corda Toda, agora que o mundo inteiro é seu parque de diversões, o que você vai fazer primeiro?

"Eu não tenho certeza. Acho que quero afundar o Havaí ou ir ao cinema ou algo assim."

MALDITOS DUENDES GASOSOS! Será que eu nunca vou cansar de ensinar? Você precisa ser *criativo* com seus tormentos ou corre o risco de perder o respeito da humanidade! Tudo bem, vou fazer o seguinte. Eu vou dar a você uma lista final. Esse é um presente meu para você: a informação pela qual você pagou sete frases atrás. Essa lista contém coisas que eu estava planejando fazer se eu virasse o CONQUISTADOR MALÉFICO DO MUNDO! Algumas são sensacionalmente sinistras, outras são apenas astutamente espertas. Mas todas saíram direto da mente magnífica de Vordak, o Incompreensível!

Lista Desprezível de Coisas para Fazer Quando Você Conquistar o Mundo! de VORDAK, O INCOMPREENSÍVEL

- **Decretar** que todos os brinquedos e eletrônicos devem ser empacotados em recipientes de plástico invioláveis. MUAHAHAHAHA!

"Humm, as empresas de brinquedo já fazem isso, Vossa Desprezibilidade."

O quê?! O mundo é mais maléfico do que eu imaginava! Pelo jeito vou ter de fazer minha lista ficar mais desprezível ainda.

- **Transforme o iTunes em 1Tune** e faça com que só uma música esteja disponível para download: "Baby!", do Justin Bieber.

- **Acabe com os feriados**. Feriados são ocasiões festivas em que famílias e amigos se reúnem para celebrar pessoas ou eventos importantes da História. Elimine todos eles o mais rápido possível, exceto o Dia de Leif Eriksson (9 de outubro). Sinto muito, sou fã dos vikings.

- **Crie novos feriados.** Com Natal, Páscoa, Ano-Novo, Dia da Independência e Carnaval eliminados, haverá várias datas disponíveis para celebrar coisas mais importantes, como ~~eu~~ você. Faça paradas semanais em sua homenagem, para que todos possam sentir o esplendor da sua majestade magnífica... ou a magnificência do seu esplendor majestoso... ou, se você está bem confiante, a majestade da sua magnificência esplendorosa.

• Jogue Boliche Humano

Organize todos os cidadãos de uma cidade num triângulo e veja quantos deles você consegue derrubar com uma bola de boliche gigante. Comece com uma cidade pequena, como Piracicaba, e, à medida que você for melhorando, escolha cidades maiores, como Uberlândia, até chegar a São Paulo (você vai precisar de uma bola bem grande para esta).

DÉCIMO SEXTO MANDAMENTO DA INCOMPREENSIBILIDADE

Quando jogar Boliche Humano, coloque sempre os mais gorduchos na frente do triângulo para facilitar a derrubada dos outros pinos.

- **Construa estátuas gigantes em sua homenagem**
  Escolha lugares estratégicos, que deixem as estátuas visíveis de qualquer ponto da Terra. Elas vão servir para lembrar a população deste planeta patético que você possui um poder petrificantemente prodigioso.

• **Crie palavras** usando como raiz do novo vocábulo o nome *Vordak* sempre em maiúsculo), que significa: “destruição de proporções épicas”.

Exemplos:

• Você viu o Fluminense *Vordakear* o Flamengo por 6 a 0?

• Pedrinho não conseguiu sentar por uma semana depois que a mãe dele o *Vordakeou* por ter colocado uma mortadela no DVD player.

Ou use o adjetivo *Vordákio* (sempre em maiúsculo), que significa: “(1) de uma magnificência inimaginável e/ou esplendor; (2) de um mal incomensurável”.

Exemplos:

• O nascer do Sol em Mercúrio é absolutamente *Vordákio*.

• A mãe *Vordakiana* do Rafa não o deixou ficar acordado para ver *Big Brother*.

• **Jogue dardos diabólicos.** Para se divertir destruindo coisas aleatoriamente, coloque uma venda e jogue um dardo num mapa-múndi. Depois, lance um Superdardo D-3.714 de 10 mil toneladas programado para acertar o mesmo lugar na Terra.

Resgate o ilustrador. Para mostrar sua gratidão pelo ótimo trabalho que eu fiz, por favor, eu imploro, resgate o ilustrador deste livro do seu cativeiro. Este lugar é frio e escuro, e eu estou com muita fome. Meus dentes estão doendo. E tem um rato roendo meu tornozelo. Se você tiver piedade, me liberte. Eu prometo ser seu personal ilustrador pelo restante dos meus dias.

- **Altere geneticamente a fauna da Terra.** Existem mais de 50 mil espécies de animais no planeta, e não estou incluindo os insetos. Isso é muita caca na superfície do seu planeta todo dia. É sujo, fedorento e, francamente, completamente desrespeitoso. Combinar animais vai ajudar a minimizar o problema. Isso significa que zoológicos podem ter só três ou quatro jaulas, o que dará mais espaço para as suas estátuas enormes.

Aliás, eu *adoro* um x-burger com bacon; portanto, já que você está com a mão na massa...

- **Altere a superfície do planeta** para transformá-la num tributo a você. Dê uma pá, picareta ou enxada a todo homem, mulher e criança do mundo e mande-os reconstruir a superfície da Terra. Isso não vai servir apenas como uma homenagem eterna à sua magnificência, mas também vai servir como um aviso a seres de galáxias distantes de que você já é o dono deste pequeno planeta pútrido.

• **Crie um hino** para honrar a sua magnificência, para que toda a população do planeta possa cantar em uníssono três vezes por dia. Eu escrevi a letra do meu próprio hino alguns anos atrás, mas ainda estou trabalhando na melodia:

SAUDAÇÃO AO PODEROSO VORDAK!!!

Saúdem o poderoso Vordak,
O In-com-pre-en-sí-vel,
Que pode devastar o planeta
Com uma simples alavanca.

O seu mal é onipresente;
Sua piedade, não existente;
Sua magnificência é legendária;
Seu traje, à prova de manchas.

Ele é inteligente e forte e poderoso
E ele é assim desde que nasceu
Ele é realmente invejável
O mais belo homem da Terra.

Eu não sou digno de servi-lo,
Eu sou a escória, pútrida e imprestável.
Ele é um ser fantástico e especial,
Eu sou uma lombriga.

Se ele manda: "Cave um buraco!",
Eu imediatamente pego uma pá.
E se ele está passando pela minha vila,
Devo ajoelhar e rastejar.

Então, saúdem o poderoso Vordak
Em nome do qual eu suo e trabalho,
Pois, se eu não o satisfizer,
Eu serei jogado em óleo fervente.

- **Mude a jornada de trabalho semanal.** Todos os cidadãos planetários que têm entre 3 e 93 anos de idade devem trabalhar 24 horas por dia, 52 semanas por ano (com direito a três intervalos de 5 minutos por dia para cantar o meu... er... o seu hino). Aqueles que tiverem mais de 93 anos podem desinfetar as suas dentaduras nas manhãs de domingo, entre 8h30 e 8h45.

Nota: Apesar de ser uma ótima ideia, colocá-la em prática significa que você não vai poder fazer outras coisas que eu sugerir, pois todo mundo vai estar ocupado, trabalhando ininterruptamente.

- **Exija** que todo professor de Geometria que tenha mais de 40 anos use sapatos e saia rodada de balé.

- **Aperfeiçoe uma máquina do tempo.** Claro, atormentar os subjugados com sua mão de ferro vai fazer o dia passar mais rápido, mas eventualmente você vai precisar de novos desafios ou correrá o risco de ficar entediado e, me atrevo a dizer, *menos maléfico*. Uma máquina do tempo vai permitir que você viaje para épocas diferentes e reconquiste a Terra a fim de manter a forma.

Aqui, a palavra-chave é *aperfeiçoar*. Teste a sua máquina exaustivamente com os seus subjugados antes de usá-la. Caso contrário, você não vai saber onde vai parar.

Lugares e horas ruins para sua máquina do tempo aparecer

3 de janeiro de 53.217 a.C.

19 de maio de 1963

15 de abril de 1912

7 de agosto de 4291

Ah, só mais uma coisa...

Eu aposto que você se esqueceu do acordo que fizemos lá na página 22. Bom, nós nos veremos em breve... E eu vou trazer muita bagagem.

MUAHAHAHAHAHA!!

SOBRE O AUTOR

VORDAK, O INCOMPREENSÍVEL, é um supervilão de elite e o mestre maléfico de tudo o que avista. As suas obras anteriores incluem uma compilação de réplicas astutas para super-heróis, além de inúmeros ultimatos para líderes mundiais. Este é seu primeiro livro. Para o futuro, ele estima fazer uma autobiografia intitulada *Uma vida vastamente superior à sua*, além de reescrever clássicos como *Guerra e paz* e *As vinhas da ira*, para "torná-los melhores". Sua localização atual é desconhecida, mas sabe-se que ele está aproveitando a sua "aposentadoria" com seu cachorro geneticamente modificado, o Armagedon. Sua presença sinistra já invadiu também a internet. Confira (em inglês): www.vordak.com.

Sobre os subordinados

SCOTT SEEGERT foi escolhido para transcrever as anotações de Vordak porque ele tem o talento de ser facilmente capturado. Ele não se lembra do aroma do ar fresco e aprendeu a sobreviver à base de uma dieta de besouros, ferrugem de correntes e cascas de machucados. Faz dezessete meses que ele não escova os dentes. Ele acha que ainda tem uma esposa e três filhos que moram no Sudeste de Michigan, Estados Unidos.

JOHN MARTIN teve o grande azar de ser escolhido por Vordak para ilustrar este livro. Há três anos que ele não vê o Sol e passa a maior parte do tempo contando os meses que faltam para sua troca anual de cueca. Ele tem um medo mortal do escuro e de aranhas, o que não é muito oportuno, considerando sua situação. Ele ouviu dizer que também ainda tem uma esposa e três filhos morando no Sudeste de Michigan, Estados Unidos.

ANOTAÇÕES DO MAL:

NEM PENSE EM FAZER
ANOTAÇÕES NESTA PÁGINA!
– VORDAK

AVENIDA DO MAL
RUA DO COVIL
PATRULHA DA VIZINHANÇA
PROGRAMA EM VIGÊNCIA
TRABALHANDO JUNTOS PARA EVITAR CAPTURAS

Este livro foi composto com tipografia Adobe Caslon Pro e impresso
em papel Off Set 90 g/m² na Gráfica Edelbra